三島由紀夫事件
検視写真が語る「自決」の真実

別冊宝島編集部 編

JN250107

宝島社

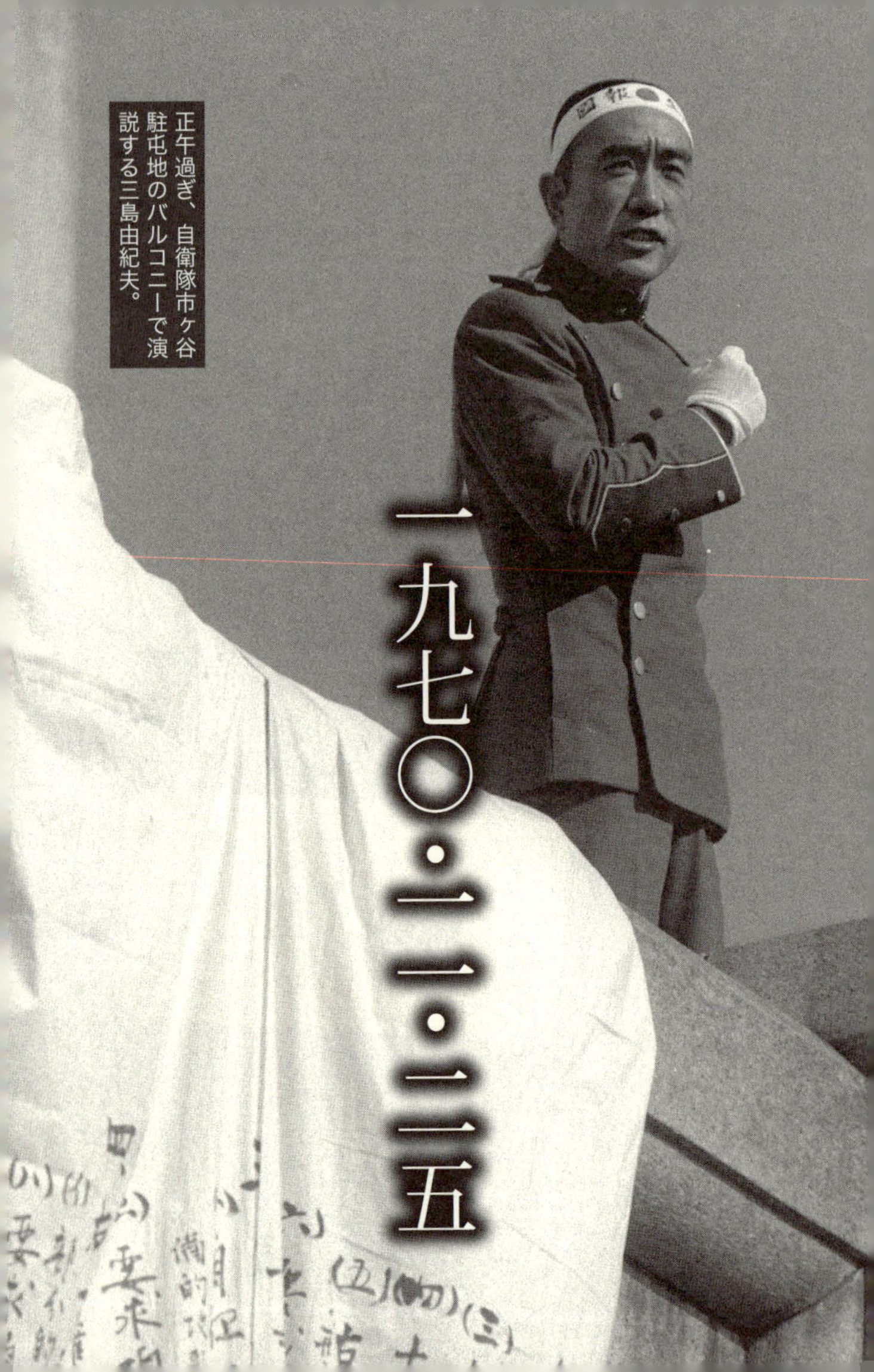

一九七〇・一一・二五

正午過ぎ、自衛隊市ヶ谷駐屯地のバルコニーで演説する三島由紀夫。

グラウンドに集まった約1000人の自衛官が三島を見上げる。

総監室から出てきた「楯の会」メンバー3人と監禁されていた益田兼利東部方面総監。3人はその場で逮捕された。

総監室内では三島と森田必勝が割腹自殺を遂げていた。

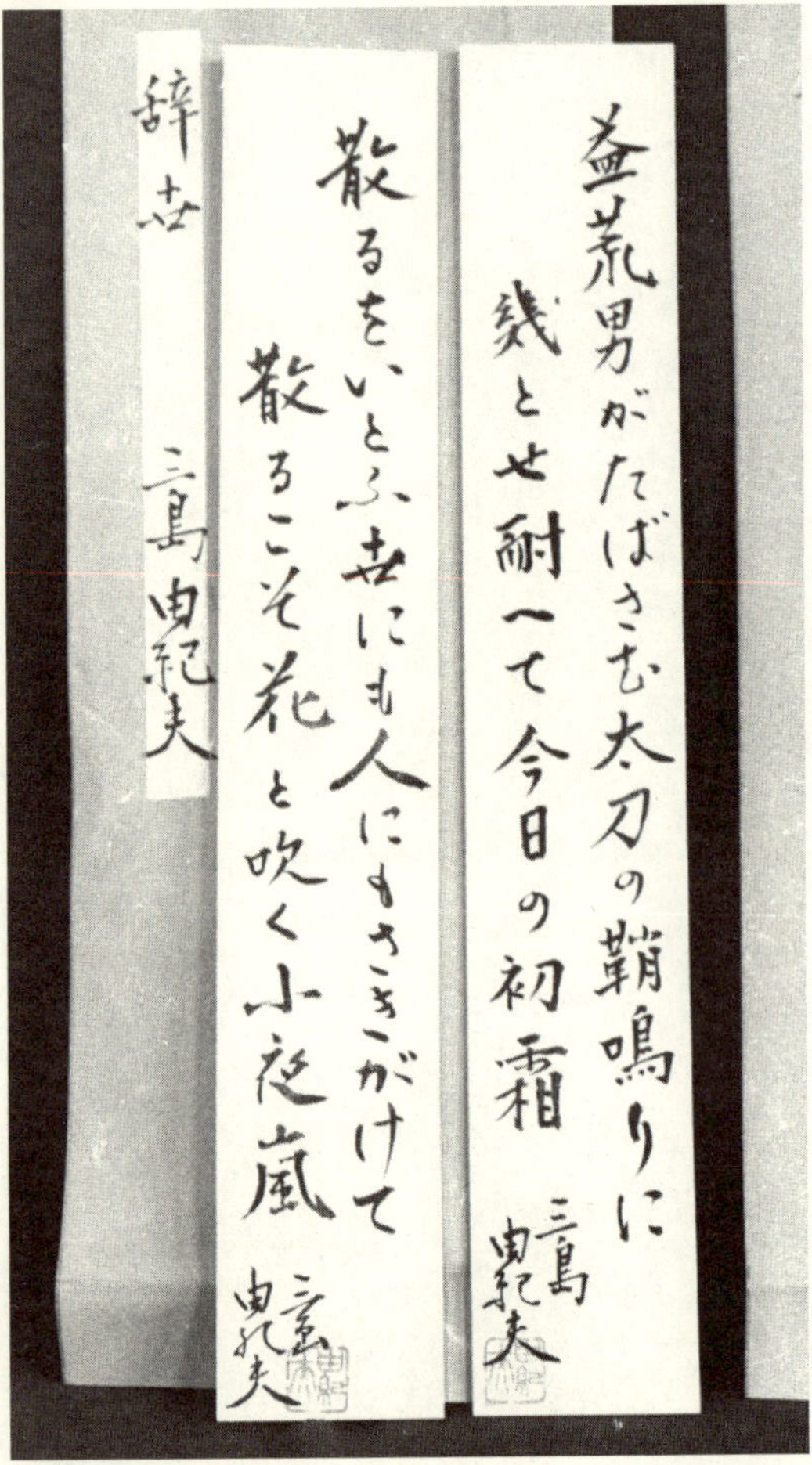
益荒男がたばさむ太刀の鞘鳴りに
幾とせ耐へて今日の初霜
三島由紀夫
散るをいとふ世にも人にもさきがけて
散るこそ花と吹く小夜嵐
三島由紀夫
辞世
三島由紀夫
現場に残された三島の「辞世の句」。他の４人のメンバーの句もあった。

現場から搬送される三島の遺体。奥の棺は森田必勝。

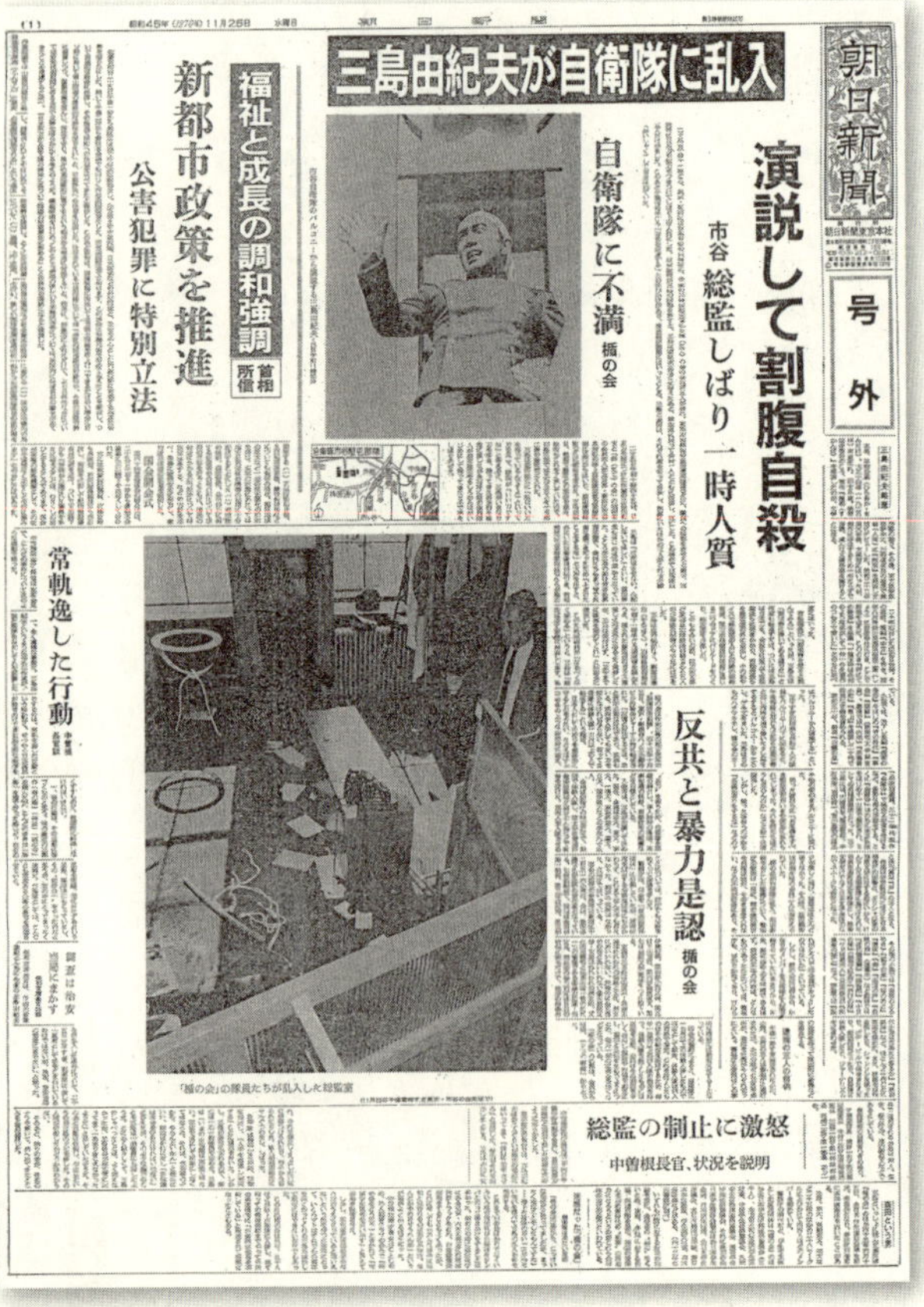

朝日新聞

号外

三島由紀夫が自衛隊に乱入

演説して割腹自殺

市谷 総監しばり一時人質

自衛隊に不満 楯の会

福祉と成長の調和強調 首相所信

新都市政策を推進

公害犯罪に特別立法

常軌逸した行動 中曽根長官談

反共と暴力是認 楯の会

「楯の会」の隊員たちが乱入した総監室

総監の制止に激怒

中曽根長官、状況を説明

各紙は号外で事件を報じた（朝日新聞）。

故 平岡公威に就きましては
親族のみにて密葬致します
猶御供花御供物の儀は
勝手ながら固く御辞退申し
上げます
平岡家

事件翌日の三島邸はひっそりと静まり返っていた。

もくじ

三島由紀夫事件 検視写真が語る「自決」の真実

監察医が見た三島の「最期」

「鮮やかな最期だった」三島由紀夫 「検視写真」が語る「自決」の真実

日本を揺るがせた「自衛隊突入」

人気作家が自衛隊乱入！「11・25」ドキュメントPART1

「被告人を懲役4年に処する」

「楯の会」メンバーへの刑事事件「判決全文」と計画実行の動機

いまよみがえる50年前の「決意」

三島由紀夫伝説の「最後の演説」と残された「檄」全文

『三島由紀夫伝』刊行から四半世紀

作家・猪瀬直樹が語る三島評伝『ペルソナ』と自決の「真の動機」

司馬遼太郎、吉本隆明、江藤淳の三島評

同時代を生きた作家たちが見た「三島の死」とその意味

1969年、取材を受ける三島由紀夫

剣道や空手、ボクシングなど武道を好んで実践した

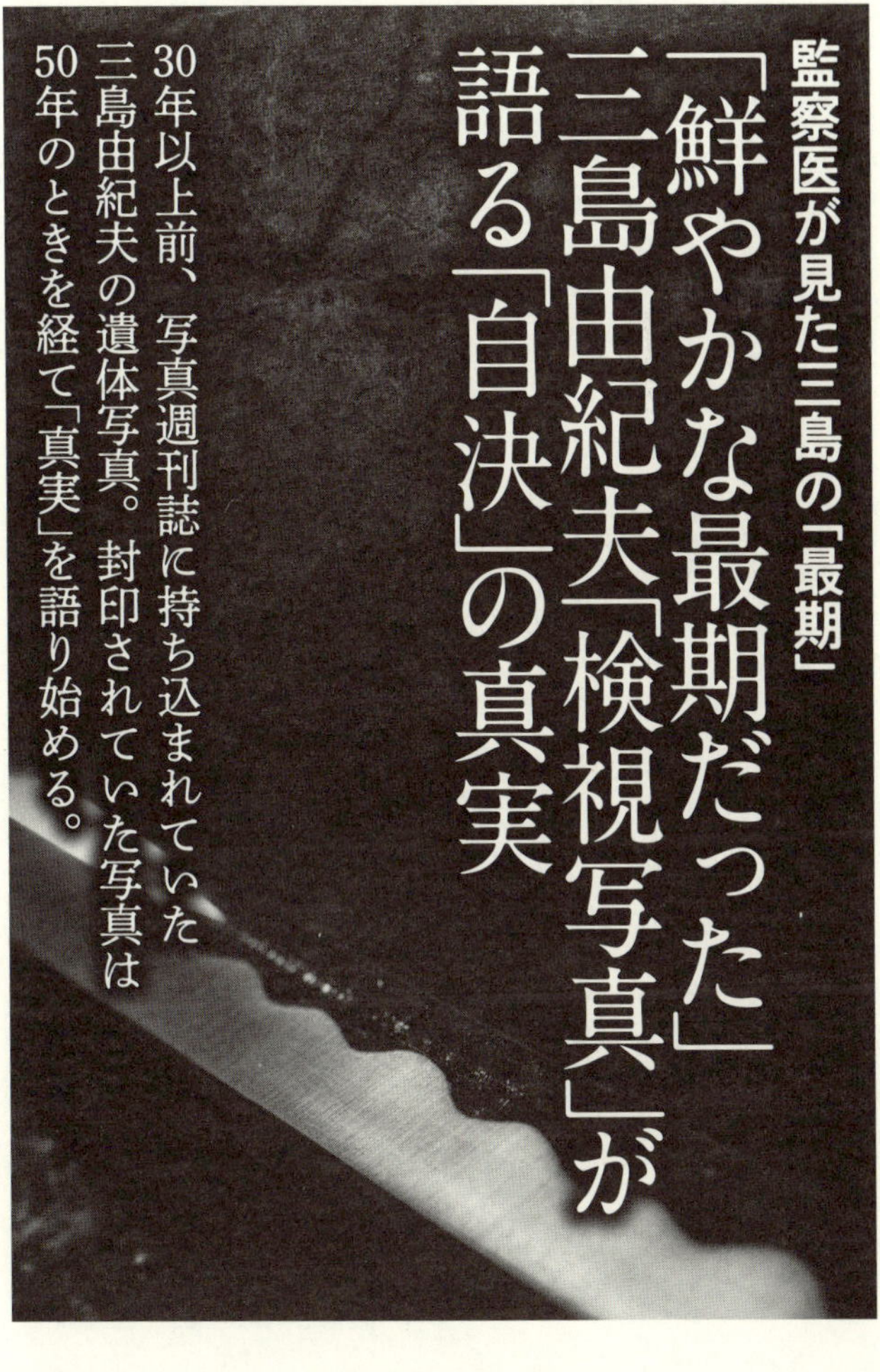

監察医が見た三島の「最期」

「鮮やかな最期だった」三島由紀夫「検視写真」が語る「自決」の真実

30年以上前、写真週刊誌に持ち込まれていた三島由紀夫の遺体写真。封印されていた写真は50年のときを経て「真実」を語り始める。

写真週刊誌ブームの到来

時は1981年にさかのぼる。

黄金ルーキー、原辰徳の活躍で巨人が日本一となり、フジテレビで『オレたちひょうきん族』『なるほど!・ザ・ワールド』の番組放送が開始されたこの年、出版界ではある雑誌の創刊が話題を集めていた。

文芸出版の老舗として知られる新潮社が刊行した『FOCUS』(以降、フォーカスと表記)である。新潮社は、出版社系週刊誌の元祖『週刊新潮』(1956年創刊)の版元として知られるが、その週刊新潮の「天皇」と呼ばれた伝説的編集者、齋藤十一の発案で創刊されたのが、写真で時代を斬る、いわゆる「写真週刊誌」だった。

この『フォーカス』は創刊当初、30万部程度の発行部数でそれほど数字は伸びなかった。出版不況の現在と比較すればかなり大きな部数であるが、著名な写真家を起用するなど芸術志向を強く残した誌面づくりで、あくまで『週刊新潮』のサブ的な扱いに過ぎなかったのである。

だが、1982年2月に起きた「ホテルニュージャパン」の火災事故を迫力ある写真で報じた同誌の記事が反響を呼んだ。そして同年3月には、ロッキード裁判に出廷した田中角栄元総理の「法廷内写真」を掲載し、新聞とは差別化されたゲリラ型ジャーナリズムが注目を集めることになる。

その後、ロス疑惑や芸能人への突撃スクープなどもあり、『フォーカス』は1983年に100万部、そして1984年には200万部という驚異的な発行部数を記録するようになる。

この現象を受け、大手出版社が続々と「写真週刊誌」市場に参入した。まず手を挙げたのが、『少年マガジン』『週刊現代』を刊行する講談社である。

講談社は1984年11月、『FRIDAY』（以降、フライデーと表記）を創刊。この創刊号では、三島由紀夫の「自決現場写真」と遺体の一部が掲載され波紋を広げたが、これについては後に詳述する。

『フォーカス』『フライデー』の隆盛は、両誌の頭文字から「FF時代」「FF戦争」などと呼ばれ、芸能人や政治家に畏怖されたが、1985年8月に起きた日航機墜落事故の現場報道で、写真週刊誌はさらに売り上げを伸ばすことになる。

1985年には『Emma』（文藝春秋）、1986年には『TOUCH』（小学館）、『FLASH』（光文社、以降フラッシュと表記）が創刊。5誌がひしめく「3FET」時代が到来した。だが、1986年にビートたけしと「たけし軍団」による「フライデー編集部襲撃事件」が起き、写真週刊誌の取材方法に対する社会的批判が高まった。

その後、短期間で2誌が休刊。『フォーカス』も2001年に休刊し、現在は『フライデー』『フラッシュ』が残るのみである。

出版社に持ち込まれた「写真」

「ちょうど、講談社が『フライデー』を創刊した後のことでした」

そう振り返るのは、当時大手出版社で写真週刊誌の立ち上げに関与した元編集者である。

「私たちの会社でも写真週刊誌を創刊するという計画が決まり、カメラマンや記者の確保、取材体制の構築を任されたことを覚えています」

当時の写真週刊誌は、編集部が多数のフリーカメラマンを抱えながら契約を結ぶスタイルが基本で、競合が激しくなってからは、より過激なネタ（写真）が求められる状況にあったという。

「創刊準備にあたって、編集部サイドが求めていたのは何より、目玉となるスクープ写真でした。日本中をあっと驚かせるような写真はないか、あらゆる記者、カメラマンに指令を出し、何があってもスクープを出さなくてはいけないというプレッシャーのなかで仕事をしていたことを覚えています」

そんなとき、ベテランのカメラマンA氏（故人）が耳寄りな情報を持ってきたという。

「1970年に市ヶ谷の自衛隊で自決した三島由紀夫の写真だというのです。編集長にその話をすると『何とか入手してほしい』というので、水面下で目玉写真の候補として動かすことになりました」

ベテランのカメラマンA氏は、ある仲介者を通じ、情報提供者のB氏と接触した。B氏は「警視庁関係者に知り合いがいる」と自己紹介したが、絶対に身元を明かさないという条件で、最後までその正体は分からなかったという。

　B氏が持ち込んだ写真は、カラーネガをプリントした写真数点だった。そこにはストレッチャーに乗せられた三島由紀夫の遺体写真が写っており、介錯された首は胴体から離れ、腹部には生々しい「割腹」の傷跡が残されていた。その構図は、遺体の検視時に撮影される写真そのものだった。

　元編集者が語る。

「ひと目で写真は本物だと分かりましたし、写真のプロに見せても偽造など不自然な点はなかった。遺体の傷なども、これまで報道されていた事実と矛盾するところはなく、三島の写真集などで確認したところ、体の特徴なども一致した。A氏は、情報提供者のB氏について、警視庁関係者の知人ではなく、B氏本人が警視庁に出入りする職員であると感じたと話していました。B氏の要求は明確で、金銭でした。このとき、記憶が確かであれば50万円、編集部からB氏に支払っています。ただしこの金額は、当時の写真週刊誌のスクープに対する対価としては、それほど高い値段ではなかったはずです」

B氏は、自分自身の身元が割れることを極度に警戒していたという。写真そのものを編集部に渡すことを拒否したため、持ち込まれた写真を編集部で改めて撮影することになった。

「背景や遺体を乗せたストレッチャーが写真に写り込むのもまずいというので、遺体以外の部分をすべてエアブラシで黒く塗り潰し、それをカラーポジで撮影し、元の写真は情報提供者のB氏に返却しました」(元編集者)

そう語る元編集者は、これまで30年以上「封印」されていた何点かのポジを取り出した。黒く塗られた背景に、三島の遺体だけが浮かび上がっているような不思議な写真である。

苦労して入手した「スクープ写真」だったが、結局、創刊号に掲載されることはなかった。

「すでに対価も支払っており、編集長はこの写真を何とか創刊号に載せたいと考えていたようでしたが、最終的には当時の会社の上層部がNGと判断したようです」

元編集者はそう振り返る。

「詳しい経緯について説明があったわけではないので、あくまで推測になりますが、やはり三島家との関係と、写真を掲載したときの倫理的な問題がネックになったものと理解しています。戦前から歴史のある大手出版社であれば、大作家の三島由紀夫とは必ず何らかの関係がありましたし、何より1984年の『フライデー』創刊号に、三島由紀夫の遺体写真が掲載され、遺族の抗議を受けていたことは当然、知っていたはずです。私たちの会社に持ち込まれた写真は『フライデー』の写真とはまったく別のものでしたが、遺族からすれば〝故人の尊厳を冒涜するもの〟であることに変わりはない。いま思えば、掲載を控えたのは賢明な判断だったと思います」

朝日新聞カメラマンの「手記」

三島由紀夫の壮絶な「自決」（1970年11月25日）については、過去、何度かその現場写真が報じられたことがある。

現場となった市ヶ谷の自衛隊駐屯地（現・防衛省本省）には当時、多くの報道カメラマンが集まったが、さまざまな情報が錯綜し、現場は大混乱に陥った。その過程で、一部のカメラマンが三島由紀夫と「楯の会」の森田必勝の自決現場を撮影することに成功している。

もっとも有名なのは、当時、朝日新聞のカメラマンだった渡辺剛士氏が撮影した写真だろう。胴体から切り離された三島と森田の「首」が写り込んだ現場写真は、事件当日の夕刊（早版）に掲載された。首の部分はやや不鮮明ではあったが、その生々しい「自決」の衝撃をストレートに伝える写真だった。なお、この写真は朝日新聞社が発行する『アサヒグラフ』（１９７０年12月11日号）にも掲載されている。

この写真はどのようにして撮影されたものだったのか。撮影者の渡辺氏が事件から9年後、『文藝春秋』（１９７９年12月号）に手記を寄せている。

〈12時すぎ、演説が終わった。三島はバルコニーから姿を消した。我々はこれまでの写真を社に送り、今後の取材方法について相談し、私が建物内の取材にあたることになった。

私は第1通用口から2階へかけ上がった。廊下には幸福なことに人かげはない。が、総監室前の回廊に通じる扉は内側から厳重に閉められている。チクショウ、ふと左側の部屋をのぞいてみた。あれ、隊員たちが部屋の窓から回廊に出入りしているじゃないか。私は腕章をはずし、「総監は大丈夫だろうか」と声をかけながら部屋に入った。「ケガはたいしたことないようだ」。その返事を背に聞きながら、関係者らしく何くわぬ顔でスルリとその〝出入口〟から回廊に出た。

回廊は自衛隊員、警察関係者らでごったがえしていた。早く事態が進展してくれないと、つまみ出される。誰にいうともなく「総監を早く出さないと……」と低くつぶやいた。案外この一言がよかった。右にいた1人が「三島は自決したらしい。まもなくだ」と答えてくれた。三島はどうせつかまるだろうから、そこを撮ろうという我々の予測ははずれた。それまでは何を茶番劇をやっているのかという気持ちだったが、自決となると、すごいことをしやがるんだという感じにかわった。〉

渡辺氏は、腕章を外して自衛隊関係者を装い、内部に潜り込んでいた。どさくさ紛れといえばそれまでだが、混乱していた当時の状況では十分あり得た話である。

しかし、三島が自決したと思われるのは総監室だ。どうやって内部の写真を撮影したのだろうか。手記はこう続いている。

〈2、3分もたっただろうか。総監室前にいた指揮官らしいのが、突然「全員扉の前から下がれ」と大声でどなった。サーッと潮が引くように人垣が左右に散った。と、楯の会会員3人が益田（兼利）総監をかかえるように出てきた。そのうちの1人が何か言いながら落ちついた様子で刀を指揮官らしいのに手渡した。そのとたん「殺せ」「この野郎——」と興奮した隊員のヒステリックな声が飛び出し、すっかり混乱状態になった。私はシャッターを押し続けた。

連行される3人を撮り終わって総監室の入口まで戻ってきた時だ。指揮官らしいのが「2人は死んだ」と部下に話しているのを聞いた。2人？　三島だけではなかったのか。

総監室の入口をはさんで左右に窓がある。向かって右側はふつうの窓でガラスはほとんど割れている。左側は縦長の窓で、下半分は内側から目かくしされ、上半分のガラスは所々割れていた。私はまず、右の窓から中をのぞいた。室内中央バルコニー寄りに日の丸の旗があり、左半分はついたてがある。中の様子を確認し、シャッターを押す。左手のついたてのかげにチラッと遺体らしいものが見える。よく目をこらすと楯の会の制服がその上にかけてある。間違いない。そこを中心にシャッターを押す。左側の窓の下に机が置かれ、自衛隊員が中をのぞいている。「ちょっと降りてください」。覗き見をしているひけ目だろうか、素直に降りてくれた。

各社（2社）のカメラマンは右側の窓から撮っているのを確認してから机の上にのぼった。何となくドキドキする。が、残念、内側の逆L字形になったついたてが高く、右手に日の丸の旗がやっと見えるだけだ。エイ、ままよ。背のびしてガラスの破片に気をつけながら、ガラスの破れ目からカメラを中に突っ込む。カチャッと1枚だけ写した。大体の見当はつけたが、メクラ撮り（※不適切な表現であるものの、40年以上前の手記であり、当時の記述を変更せずに引用）であった。中にいた人が大声で「コラッ、降りろ」と叫んだ。もう1枚とフィルムを巻き上げた時、自衛隊員に足を引っ張られた。危うく手首を切るところだった。

「2人の首が写っているぞ」

一段落して、無線で本社に問合わせると、デスクの声がかえってきた。ネガの段階では誰も気づかず、刀の写っているあたりを伸ばしたら、へんなものがあるということになり、はじめて首だとわかったという。社に帰って、その写真を見ても、黒い物体があるのがわかるだけで、私にはピンとこなかった。

社では写真を載せるかどうかで議論になった。私はその間、昼食に行っていた。編集局長室の判断でゴー・サインが出た。当時は、ちょうどベトナム戦争で、外電ではなまなましい死体がいくらでも出ていて、死体への抵抗感が薄れていた時期だった。〉

手記によれば、この「乱入された総監室」の写真は2日後、何者かによって盗まれてしまったという。またこの年、この写真は写真記者協会賞に内定したが、受賞作を大々的に展示するのは難しいとの判断から、朝日新聞は受賞を辞退した。

この写真をめぐっては「報道とはいえ、遺体の写真を掲載するのは不謹慎ではないか」という批判も一部にあり、渡辺氏も「あの写真の呪縛」があったことを認めている。しかし、この三島由紀夫の「写真」をめぐるドラマはこれで終わらなかった。

三島夫人が示した「疑念」

事件から14年後の1984年11月。冒頭の『週刊誌ブーム』に乗って、講談社が『フライデー』を創刊する。その目玉のひとつが〈14回目の憂国忌を前に三島由紀夫「自決」の重みを問う〉と題する記事だった。

3ページの記事には5点の写真が掲載されているが、うち1点は、台のようなものに乗せられた三島の首で、もう1点は自決現場に横たわる三島の遺体と床に落ちた首を真上から撮影したと思われる写真だった。1Pの面積を使って掲載された首の写真は「七生報国」と書かれたハチマキが巻かれたままで、目は閉じられているものの、生々しい写真である。首の真下には手書きのマジックで「1」と番号が書かれた紙が添えられており、当時の警視庁が鑑識のために撮影した写真であることをうかがわせる。

『フライデー』は写真についてこう短く説明している。

〈昭和45年11月25日は小春日和だった。陸上自衛隊の市ヶ谷駐とん地に乱入した作家の三島由紀夫は、自衛官を集めさせ、憂国の大演説をした後、予定したとおり割腹し、同行した「楯の会」の同志に首を切り落とさせた。この写真は遺体が始末される前の、ごく短時間内に撮影され、奇跡的に世に残っていたものである。〉（1984年11月23日号）

だが、この写真に三島の遺族は強く反発した。

瑤子未亡人はすぐさま文藝春秋が発行する『諸君』のインタビュー（1985年1月号）に答え、次のように語っている。なお、聞き手に指名されたのは三島が死の直前に檄文を託した2人の記者、NHKの伊達宗克氏と毎日新聞（『サンデー毎日』）の徳岡孝夫氏（いずれも当時）であった。

〈出版社（注：『フライデー』を刊行する講談社）のこんどのなさりようは、極悪人の引き回しと同じです。

これが昔でしたら、切腹した人に向かって「ご本懐をとげられて、おめでとう」と祝った人もいると聞いています。わずか百年かそこらの昔のことです。その短い期間に、進歩したと言われる日本の社会は、いったい、本当に進歩したのでしょうか。今日の刑法では、どんな罪人に対しても、晒し物にする刑はありません。あれをなさった出版社は、どういう意図をもって、あのようなことを敢てされたのかと、無念でなりません。〉

〈最初に申しましたように、フォト・ジャーナリズムのこのたびの行為は、晒し首です。晒し首は死刑以上の刑罰であることを、あの雑誌の編集に携わった人々はご存じなのでしょうか。

近代刑法は、死刑をもって極刑としました。その死刑さえ、近年では廃止論が高まってきているようです。それほどにも寛容の空気が行き渡ろうかという社会の中で、フォト・ジャーナリズムは逆行し、夫の首を晒したのです。

こんどのことを、私はマスコミによる裁判だと理解しています。すでに刑の決まった者に対し、マスコミは敵でもう一度、裁判をやり直し、有罪判決を下して死刑以上の刑を言い渡したのです。ジャーナリズムによる一方的な刑の執行。再び申し上げますが、こんなことが許されていいのでしょうか。

こんど公開され市販された写真については、私はもう一つ、深く傷ついた点があります。それは、くだんの写真が、明らかに警視庁の中から出ていることです。

警察は、いつ、マスコミによる裁判のやり直しに手を貸すまでに堕落なさったのか。私は、いずれ警視総監にお目にかかりに参りたいと思っております。なぜなら、三島由紀夫の妻であった私なればこそ、まだこうして発言の機会は与えられますが、どんなに口惜しくても一言も聞いてもらえない方々が、世の中には無数にいて、マスコミによる裁判に泣いているはずだと思うからです。〉

この未亡人の言葉を引き取るように、同時期に発売された『週刊文春』（1984年12月13日号）は、次のように写真の「漏洩ルート」を探っている。

〈故・三島由紀夫氏の〝生首写真〟を掲載したのは、『フォーカス』に対抗して講談社が新たに刊行した写真雑誌『フライデー』創刊号。未亡人側は、死者の名誉を傷つけたとして、この講談社を相手取り、年内にも学者を含む弁護団を結成、告訴を予定している。

実はこの写真、他の出版社にも持ち込まれている。『フライデー』に載った絵柄と同じものも含めて全部で11点、売り主の言い値は三千万円だったという。噂によれば、大阪の暴力団筋が、この写真を持ち歩いていたという。〉

その後、三島夫人は実際に警視庁に出向き、写真の出所についての調査を要求したという。当時の警視庁広報課は、『週刊文春』の取材に対し次のように語っている。

「警察の写真であると正式に回答したことはありません。あの写真は限られた人間しか見ることの出来ないものですし、夫人から依頼があった以上、こちらとしても真剣に調査はしていますが、まだ結論は出ていません。その過程において、あまり長いこと〝なしのつぶて〟になるのも失礼ですから、『現在調査中です』ぐらいのことは、電話で申し上げたかもしれません」

『週刊文春』は、警視庁記者の次のようなコメントも紹介している。

〈三島さんのああいう写真が出回っているということは、ずいぶん以前からマスコミ関係者の間では囁かれていたんです。実際に見たのは今度の雑誌が初めてですけどね。

これは自衛隊でも警察でも同じですけれど、ああいう事件が起こると、偉いサンも下のほうの人間も含め、かなりの数の人間が現場に出入りします。そうすると、その後で下の方の人が、ちょっと記念にということで現場写真を持っているのは、よくあることなんですよ。どこかに売ろうとする気まではなくても、仲間うちで見せあったりすることは結構ありますからね〉

当時、講談社とは別の出版社が三島の写真を入手した経緯には、写真週刊誌ブームを狙った「ある種の勢力」の存在があったのかもしれない。

冒頭の元編集者が保存していた三島の遺体写真について、故人の尊厳を守るために、ここでそのものを掲載することは控える。

だが、巷間伝えられる三島の「最後」が実際はどのようなものだったのか。遺体が物語る真実は、歴史的事実として記録に残す価値がある。

今回、編集部は現代の法医学者に写真の検証を依頼した。三島がどのような気持ちで自決に至ったのか。そしてあの日、現場となった総監室で何が起きたのかに迫ってみたい。

監禁された総監が語った「自決」

三島由紀夫の自決についてはさまざまな資料が残されているが、おおむね次の証言がベースとなっている。

①現場に監禁され、三島らの自決の瞬間を目撃した、陸上自衛隊東部方面総監部の益田兼利総監の証言。
②三島由紀夫、森田必勝を介錯した「楯の会」会員の古賀浩靖、小賀正義、小川正洋の法廷証言。
③三島らの解剖にあたった慶応大学医学部教授（法医学）の斎藤銀次郎氏らの法廷証言。

事件から50年が経過したが、「楯の会」の実行メンバー（小川正洋は2018年に死去）は、事件に関してメディアの取材に答えていない。三島の「最期の瞬間」については、新たな証言が出る可能性も低く、いまも解明できていない部分が多い。ここで、それぞれ裁判で語られた証言を整理してみたい。

まず、事件当日三島らに監禁され、人質となっていた益田総監である。1971年6月7日、5回目の公判における検事とのやりとりだ。

検事　演説のあとの状況は？

益田　三島氏は急いで部屋に入ってきた。服のボタンをはずして脱ぎながら、私の前を通って「しかたがなかったんだ」という意味のことを、誰かに話しかけるふうでもなく、つぶやくように言った記憶がある。そしてバルコニーに向かうように正座し、その左後方に1人立った。それは森田君だったと思う。

検事　森田はどう介錯したか。

益田　介錯は2回か3回。1回ではなかった。1回目のとき、首が半分か、それ以上、大部分切れ、そのまま静かに前のほうに倒れた。

検事　学生たちはそのとき何か言ったか。

益田　だれが言ったかわからないが、「もう一太刀」とか「とどめを」と言ったようだった。私は「介錯するな」「とどめを刺すな」と言っていた。

検事　森田の介錯はだれがしたか。

益田　私のそばにいた小賀君以外のだれかだが、はっきりおぼえていない。たった一太刀で、これは印象に残っている。

検事　介錯が終わったあとは。

益田　学生諸君が遺体などをきちんと整頓した。私もあまり乱雑になっているので、整理しなさいと言ったと思う。

検事　縄を解かれた経緯は？

益田　「これで事件も終わった」という気がした。「君たち、おまいりしたらどうか」「自首したらどうか」と言うと、学生は「三島先生の命令で、あなたを自衛官に引き渡すまで護衛します」と、足の縄をほどいた。「私は暴れない。手を縛ったまま、人さまの前に出すのか」と言ったら、それも解いてくれた。

検事　事件に対する気持ちは？

益田　被告たちに、憎いという気持ちは当時からなかった。ただ指揮官として、大事なときに、職務を遂行できなかったのが残念だ。また自衛隊が力を使って憲法改正に立ち上がるなどは適当でない。しかし、国を思い、自衛隊を思い、あれほどのことをやった純粋な国を思う心は、個人としては買ってあげたい。憎いという気持ちがないのは、純粋な気持ちを持っておられたからと思う。

益田総監の記憶は、ややあいまいな部分がある。異様な光景を詳細に記憶できないのはある意味当然だが、三島の介錯は「3回」（森田2回、古賀1回）というのが定説である。

「楯の会」メンバーの調書

続いて、被告となった古賀浩靖の調書から、自決に関する部分を紹介する。古賀は、三島と森田の介錯をした人物である。これは1971年6月21日の公判で、検事によって朗読された。

〈演説を終わったあと、（三島）先生は「20分ぐらい話したんだな、あれでは聞こえなかったな」と独り言。総監には「恨みはありません。自衛隊を天皇にお返しするためです」と話しかけていた。

先生は自決のとき、「うーん」と声をかけ、両手をそろえて腹を切った。先生が顔を上げると、大上段に振りかぶった森田さんが一太刀。

私は森田さんに「もう一太刀」と声をかけた。そして、森田さんから「浩ちゃん頼む」といわれて先生を最終的に介錯した。

次に森田さんの介錯のとき、私は一刀両断にしなければならないと考えた。森田さんの「まだまだ」「よし」という声を合図に私は大上段から打ちおろした。

介錯のあと、先生と森田さんの首をそろえ、合掌すると、知らず知らずに涙が出た。「もっと思い切り泣け……」と、総監は言ってくれた。また「自分にも冥福を祈らせてくれ」と正座して合掌した。

今回の私の行動は、生長の家の教えでは暴力を禁止しており、その教えに反したものです。〉

この証言では、当初は森田が三島を介錯したが、森田は何らかの理由で自ら介錯することを断念し、最終的に三島の首を切断したのは古賀だったことになっている。しかし、裁判における被告の「楯の会」メンバー3名の論告求刑を読むと、森田2回、古賀1回の介錯でも三島は「首の皮1枚」残った状態であり、それを胴体から切り離したのは小賀正義だったという記述がある。

医師たちの法廷証言

次は、三島らの遺体の検視、解剖にあたった医師らの証言である。1971年7月19日、8回目の公判に三島の遺体解剖を担当した慶応大学医学部教授（当時）の斎藤銀次郎氏と、検視にあたった慶応大学法医学教室助手で東京都監察医（当時）の柳田純一氏が、弁護側申請の証人として法廷に立った。

ここでは、被告の量刑にも関係してくる「どの段階で三島が死に至ったか」について、質問がなされている。

主任弁護人（以下弁護人）（斎藤）先生の出された鑑定書によると、三島氏の死因は「頚部切断でショック、出血を引き起こした」とある。しかし、腹部の傷（切腹によるもの）は深く、このための出血、ショックで死亡したのではないか。

斎藤　この腹部刺切創では、すぐに死亡することはない。放置しておけば死亡の可能性はある。

弁護人　では、腹部の傷で三島さんは失神状態に陥っていたと考えられるか。

斎藤　考えられない。意識は大丈夫だったと思う。

弁護人　森田君の死因も同じか。

斎藤　死因は同じです。

弁護人　三島さんの場合は、介錯に三太刀かかっている。形（姿勢）がくずれていたためだが、仮死状態ではなかったか。

斎藤　相当な疼痛はあったと思われるが、仮死状態とは考えられない。

斎藤氏らが三島を解剖したのは事件から約24時間後の11月26日午前11時20分から2時間ほどであった。その解剖所見では次のように報告されている。

〈三島由紀夫　頚部は3回は切りかけており、7センチ、6センチ、4センチ、3センチの切り口がある。右肩に刀がはずれたと見られる11・5センチの切創、左アゴ下に小さな刃こぼれ。腹部はヘソを中心に右へ5・5センチ、左へ8・5センチの切創、深さ4センチ。左は小腸に達し、左から右へ真一文字。身長163センチ。45歳だが30歳代の発達した若々しい筋肉。脳の重さ1440グラム。血液A型。〉

〈森田必勝　第3頸部と第4頸部の中間を一刀のもとに切り落としている。腹部の傷は左から右に水平、ヘソの左7センチ、深さ4センチのキズ、そこから右へ5・4センチの浅い切創、ヘソの右5センチに切創。右肩に0・5センチの小さな傷。身長167センチ。若いきれいな体をしていた。〉

三島由紀夫の検視にあたった柳田氏の証言は次の通り。

弁護人　死体検案書によると、死因は出血で、頸部切断による疑いとあるが、「疑い」の意味は?

柳田　私はこうだ（頸部切断、他殺）と思うが、司法解剖で詳しく死因が確定されることになるし、私は外から見ただけだから「疑い」をつけた。

弁護人　あれだけの腹の傷は死因になりえないか。

柳田　深さによる。腹部大動脈まで到達すれば即死もあるが、そこまでいっていないと思った。深さは調べていない。

三島が、割腹していた時点で死亡したのか、それとも介錯した時点で死亡したのかによっても、量刑が変わってくる可能性があったための質問と思われる。だが、これについては割腹から介錯までの時間はほとんど間を置かないことから、形式的なやりとりであった。

監察医が見た三島の「最期」

今回、改めて法医学の立場から「三島写真」の検証をお願いしたのは、近畿大学医学部の巽信二教授である。

巽氏は1954年、大阪府生まれ。これまで監察医として、4000件以上の司法解剖を経験し、総検案解剖数は2万件を超える「死体のスペシャリスト」だ。

監察医の仕事とは、遺体から死因を明らかにすることである。三島由紀夫の遺体は、何を物語るのか。

2005年に大阪府で起きた姉妹殺害事件（山地悠紀夫事件）や、2008年に京都府で起きた舞鶴女子高生殺害事件など、これまでさまざまな有名事件における被害者の死因究明に携わってきた巽教授に、冒頭の三島の写真を示した。なお、予断なき検証を行うために、巽教授には事前に事件に関連する詳細な情報を提示していない。

「写真を見ると、切断された皮膚の辺縁に色の濁りが見られない。事件後、かなり早い段階で撮影された写真でしょう。そして、一度では介錯できなかったこともひと目で分かります」

そう即断した巽教授は、こう続けた。

「三島由紀夫の介錯をした人物が、このときかなり動揺していたと思われること。そして、三島由紀夫が強い意志をもって、自分の腹部をためらいなく切ったこと。写真からはこの2点が読み取れます」

「鮮やかな最期だった」
三島由紀夫「検視写真」が語る「自決」の真実

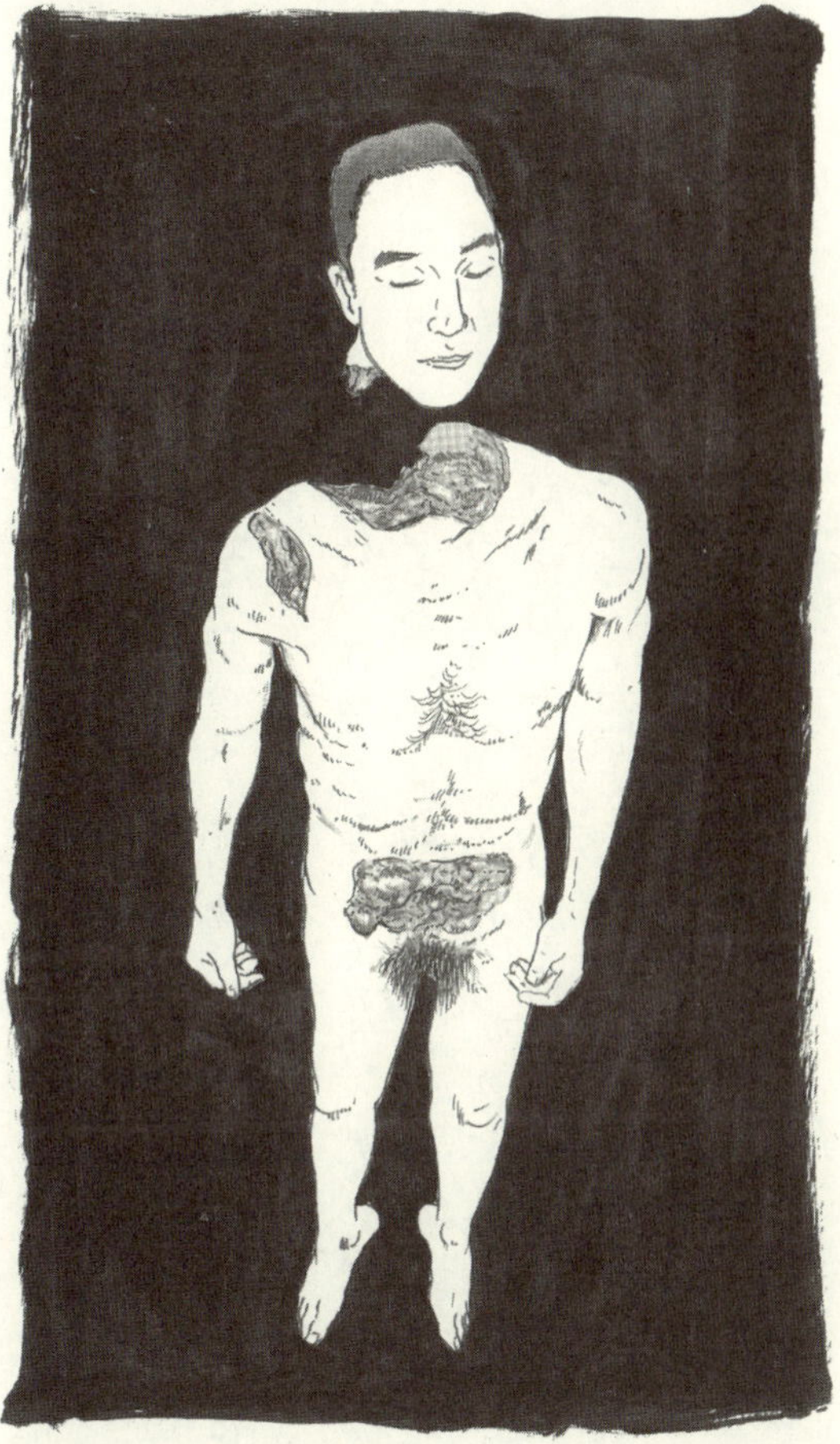

三島「遺体写真」のイメージイラスト

まず、腹部の傷である。写真では、ボディビルで鍛えられた三島の割れた腹筋の下部が大きく裂けており、右の腹部から腸が出ているため、傷口の正確な長さは分からない。

「傷口が大きくあいているように見えますが、これは割腹した後に重力で筋肉が下に落ちただけで、峰のある短刀のような刃物で左から右に1回だけ、ためらいなく一気に切られたということで間違いありません」

三島の鍛え上げられた腹筋は、割腹に影響を与えた可能性はあるか。

「それは関係ありません。むしろ、皮下脂肪がついているほうがやりにくいでしょう。刃物をまず左腹に突き立て、前かがみになりながら、体を刃物に向かって押し込むような形で右まで引いた。ただ、腹を切っただけで死亡する、あるいは意識を完全に失うということはありえません。介錯で頸椎が切断されたことによって死に至ったことは間違いない」

記録に残された三島の腹部の傷は「深さ4センチ」となっている。だが、巽教授はその数字に疑問を唱える。

「腸管が外に出ているということは、腹膜が破れているということで、皮膚、皮下組織、筋肉、腹膜の奥に小腸などの腹腔内臓器があることを考えれば4センチ程度の深さで済んだはずはない。確実に10センチは到達しています。ただ、腹部の傷というのは深さをはかるのがかなり難しい。傷の最深部である創底ではなく、腹膜との間を測って4センチと記録したのであれば、そう言えるかもしれません」

三島の右の腹部からは腸が外に出ていた。これは、刃物が左から右奥に向け斜めに入ったことを示しているという。

「刃物が斜めに入ったことで、右側の腹膜が深く切れたために、腸が右側から出たと考えられます。相当な覚悟が感じられると同時に、三島さんが切腹について、事前に知識を得ていた可能性もあると思います。この写真からではは っきりと分かりませんが、刃物を深く斜めに入れれば、腹部大動脈を切っていた可能性もある。そうなれば死に至るという知識があったかも分かりません」

三島に「切腹」を教えていた医師

実は、巽教授の見解を裏付けるエピソードがある。

三島由紀夫は1966年、自ら監督・主演した映画『憂国』のなかで、克明な切腹シーンを演じている。

この映画が公開され、国内で大変な反響を呼んだあと、三島は元軍医の開業医、川口良平氏にコンタクトを取っている。

かつて「二・二六事件」直後、近衛輜重兵大隊の青島健吉中尉が妻とともに割腹自殺するという事件があった。川口医師はこのとき、軍医として現場に駆けつけている。三島はそのことを知り、1966年11月に「ご実見の、切腹後死に至る詳細と、臨床的経過、及びその苦痛の様相など」を教えてほしいという手紙を川口医師に送っていたのである。

その後、三島は電話で3、4回にわたり川口医師から切腹についての詳細を電話で聞き取ったという。その経緯について、川口氏は三島由紀夫の死の直後、こう語っている。

〈私が現場に駆けつけたときの見聞を（三島さんに）お話ししたんです。（青島中尉は）割腹後5、6時間たっていると判断しましたが、中尉は死にきれず、大きく裂いた腹部から腸を飛び出させたまま意識を失い、なおのたうちまわっていました。夫人は短刀で、頸動脈を切ってこと切れていましたが、中尉は相当苦しんだと思われました。介錯がない限り、切腹ではなかなか死に切れません。私がこうしたことをお話しすると、三島さんは非常に丁重に聞かれ、見苦しくない切腹、苦痛の少ない切腹でなければいけませんね、と考えられるふうでした〉（『週刊新潮』１９７０年12月26日号）

三島が入念な準備を重ねて「決起」に至ったことはすでによく知られている。切腹についても、あらかじめどのような刃物をどう使うか、三島が計算に入れていたことは想像に難くない。

「右肩の傷」が物語るもの

続いては、三島の直接の死因となった可能性が高い「介錯」にまつわる検証である。

巽教授はまず、三島の首（胴体側）の前面部に、特徴的な皮膚の形が残されていることに注目した。

「ちょうど顎の下あたりに位置する部分に、皮膚が四角く残っている弁創が確認できます。これは、右側から首に入った重量のある日本刀のような刃性のものが、頸椎に当たっていったん止まり、力の方向が変わったことを意味しています」

これは、前述の記録とも矛盾しない。裁判記録によれば、三島の介錯には日本刀「関孫六」（全長97・5センチ、刃渡り72センチ）が使用された。

「首の傷を見る限り、刃物は7つある頸椎の5番目より下、つまり首の根元のほうに当たっています。頸椎は非常に固く、相当な剣士でもない限り、割腹して前のめりになっていたと思われる人間の首を一度で介錯するというのは難しいはずです」

1回目（森田必勝）は三島の右肩に当たり、2度目（森田必勝）も不完全に終わった。そして森田に頼まれた古賀浩靖が、3度目に介錯し、さらに最後、首の皮を小賀正義が胴体から切り離した。

「頭部が最終的にどのように胴体から切り離されたのかについては、特に皮膚の周縁の状態が分かる詳細な写真がないと断言することはできません。もし、最後に皮を切り離したのであれば、必ずギザギザとした跡が残っているはずです。ただ、最初の介錯で、すでに意識はなくなっているはずですから、三島さんに苦痛はなかったでしょう」

そして、右肩の傷である。これは最初の一太刀が、誤って右肩に落ちてしまったものとされているが、巽教授は「刃物の峰が肩に当たってしまった可能性」を指摘する。

「右肩の傷は鈍器損傷の特徴があり、刀の峰や柄の部分が当たったのではないか。三島さんが割腹し、右肩を上にして体が横に傾いた可能性がある。介錯する側も失敗してはならないという気持ちから慌てて刀を振り下ろしたが、首ではなく肩に当たってしまったのかもしれません」

介錯をつとめた森田必勝も、次に自分の切腹が控えているという状況において、冷静でいられるはずもなかったであろう。巽教授が語る。

「私も数多くの事件の調書を読んできましたが、肝心な場面における人間の記憶というのは、案外あいまいだったりすることが多い。右肩の傷は、介錯人の動揺を物語っているように思います」

前述のとおり、森田は少なくとも2度、三島の体に日本刀を振り下ろしたが、いずれも目的を果たせず、最後は「浩ちゃん頼む」と、古賀浩靖と介錯を交代している。冷静に介錯ができる人間などいるはずもないが、三島の「傷」からは、森田のある種の人間らしさが伝わってくるようだ。

巽教授は、三島由紀夫の自決は鮮やかに終わったと断言する。

「割腹の迷いのなさ。そして、実質的に2回目の介錯で意識を失っていることから、三島さん本人に壮絶な苦痛はなかった。遺体の写真からはそのことが言えると思います」

「楯の会」メンバーたちのそれから

三島由紀夫の遺体は事件翌日、きれいに傷が縫合され、「楯の会」の制服を着せられて遺族のもとに戻されたという。

自決した三島と森田を介錯したとして、嘱託殺人等の罪に問われた古賀浩靖、小賀正義、小川正洋の「楯の会」メンバー3人には、それぞれ懲役4年の実刑判決が言いわたされた。

古賀は出所後、宗教家となり、荒木と改姓した現在は宗教団体「生長の家」の幹部となっている。事件については一切、沈黙を守っている古賀だが、「楯の会」一期生の伊藤邦典氏は2006年、通信社の取材に答え、出所後の古賀と再会したときのことをこう語っている。

「2人の介錯をした古賀に、一度だけあの時の気持ちを聞いたことがあります。彼は自分の手をじっと見つめたまま、一言も話さなかった。しばらくして分かった。彼らはあの行動で完結している。言葉で表現することは、彼らにとって意味のないことなんだ、と」

小賀正義は出所後に地元、和歌山県で暮らしてることが伝えられている。事件については、何も語っていない。

また小川正洋は2018年に訃報が伝えられた。死去したのは11月26日、三島らの命日と1日違いであった。

小川は妻の実家がある静岡県浜松市で生活し、元参議院議員の故・安倍基雄の秘書や、旧民主党静岡県連事務局長を務めるなどしたが、かつての「楯の会」メンバーとはまったく交流がなかったという。

「あの日」から50年、確実に時は流れた。折しも2020年、憲法改正を目指した安倍政権が終わりを告げた。現在の日本を見て、泉下の三島は何を思うのだろうか。

日本を揺るがせた「自衛隊突入」

人気作家が自衛隊乱入！「11・25」ドキュメント PART1

日本を代表する人気作家による、
衝撃のクーデター劇。
日本中を震撼させた運命の「11・25」を、
さまざまな資料とともに再現する。

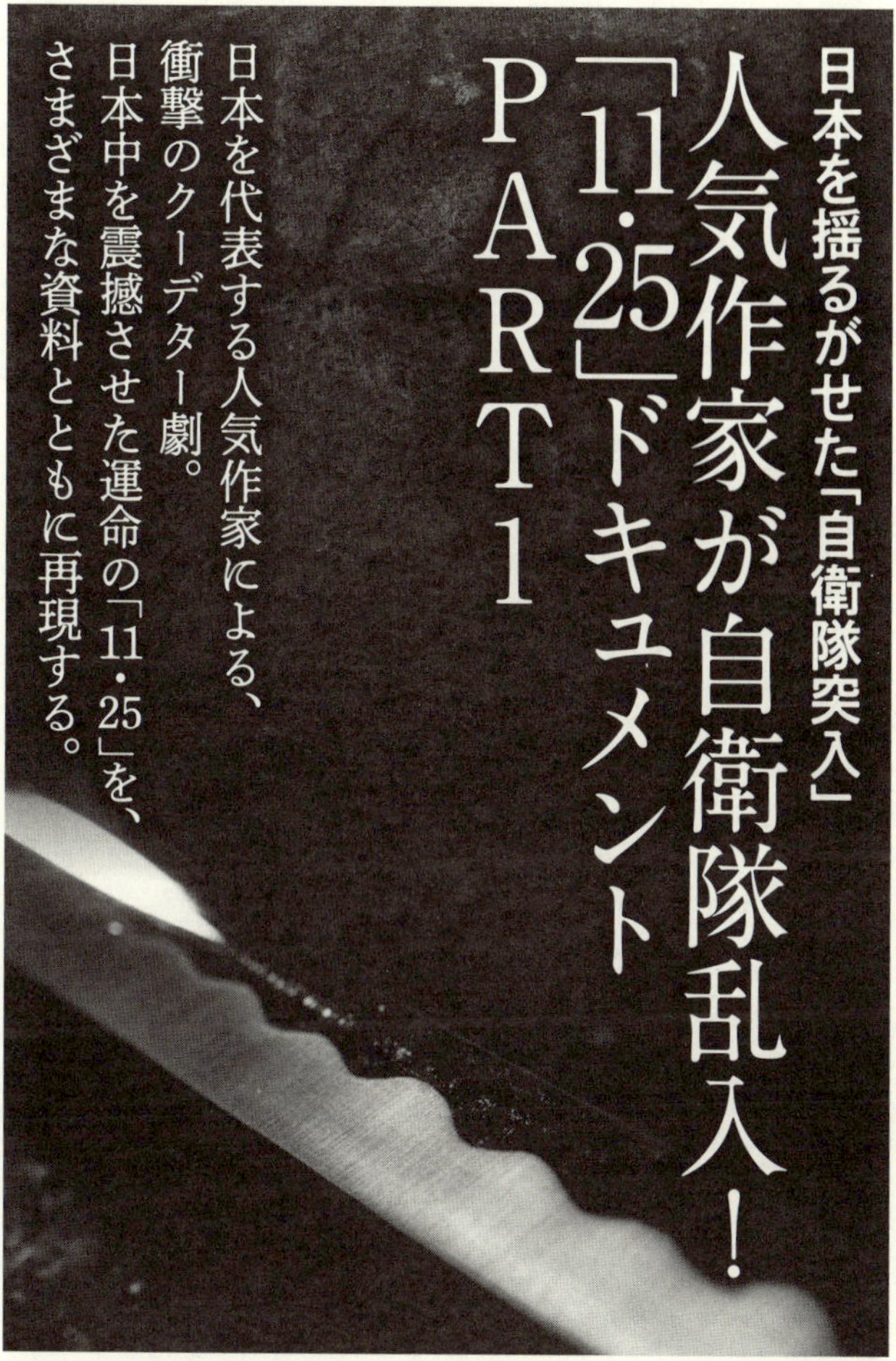

戦後を代表する人気作家

戦後の日本文学界を代表する作家である三島由紀夫。『仮面の告白』『金閣寺』といった作品群はいまなお読み継がれる名作であり、読者の人気を反映する形で、いまなお数多くの作品論、作家論が発表されている。

三島は1970年11月25日、自衛隊市ヶ谷駐屯地において割腹自殺を遂げた。当時、45歳だった。三島の死は日本のみならず世界に衝撃を与え、いまなおこの事件を日本の戦後史の大きなターニングポイントと位置付ける研究者が数多くいる。

三島が自決したのは戦後25年目の1970年。それからさらに50年が経過し、時代は令和となった。あの日、何が起きたのか。事件についての予備知識を整理するためにも、ここで改めて「三島事件」を振り返ってみることにしたい。

三島が、自決の計画を企図したのはいつだったのか。これについて、刑事事件（死亡した三島由紀夫、森田必勝らの嘱託殺人容疑など）の裁判における冒

祖国防衛隊「楯の会」を結成していた三島由紀夫

頭陳述では次のとおり説明されている。

〈三島は、昭和44年10月の新左翼集団による暴力行動に際し、警察力のみで事態収拾ができず、自衛隊に治安出動が命ぜられることを期待し、その機会を利用して、自衛隊とともに国会を占拠したうえ、憲法を改正させようとの意図を有していたが、自衛隊出動もなく事態の収拾をみるに至り、また、その後の治安状況もその意図を実現するに適しなくなったため、ついに本件のように、他の同志とともに自衛隊幹部を監禁し、これを人質として自衛隊員を集合させ、隊員および国民に対し、その信念、思想を訴えて自決し、社会に一大衝撃を与え、それによって自己の考えるような新しい日本の建設に努力するものが後に続くことを信じて、本件行動に出るに至ったものである。〉

三島が、具体的に自衛隊突入と自決を意識し、計画したと思われる1970年5月以降から、関連の状況を追ってみることにする。

半年以上前に「構想」が浮上

三島は1970年3月ころから、「楯の会」学生長で、後に三島とともに自決する森田必勝と、国会占拠計画を打ち合わせたとされる。

1970年4月5日、三島は帝国ホテルのコーヒーショップで「楯の会」メンバーの小賀正義と会った。

「楯の会」とは1968年に三島が結成した民間防衛隊で、1期生に森田必勝（早稲田大学）、2期生に小賀正義（神奈川大学）、古賀浩靖（同）、3期生に小川正洋（明治学院大学）がいた。

なお小賀と古賀はどちらも「コガ」と発音する姓であったため、小賀は「チビコガ」、古賀は「フルコガ」と呼ばれていた。

帝国ホテルで三島と会った小賀はこのとき、「最後まで自分と行動をともにするか」と問われ、承諾。また4月10日は三島宅で小川正洋が同様の趣旨のことを問われ、やはり承諾している。

6月13日、ホテルオークラ821号室に、三島と森田、小賀、小川の合計4人が集まった。そこで話し合われた計画は次のようなものである。

「自衛隊は期待できないから、自分たちだけで本件の計画を実行する。その方法として、自衛隊の弾薬庫を占拠して武器を確保するとともに、これを爆発させると脅かすとか、あるいは東部方面総監を拘束して人質とするかして自衛隊員を集合させ、決起するものがあれば、ともに国会を占拠して憲法改正を議決させる」

6月21日、駿河台の山の上ホテル206号室に、三島と森田、小賀、小川の4人が再び集まった。当初、人質は東部方面総監とする予定だったが、普通科第32連隊隊長を拘束すると変更された。その理由は、「楯の会」の体育訓練所として借用することが認められた市ヶ谷駐屯地のヘリポートから、総監室のある場所までが遠かったことである。

7月5日、5人は山の上ホテル207号室に集まり、計画の決行日を11月の「楯の会」例会日と決めた。

7月11日、決行に使用する車を小賀が購入した。車種は66年型白塗りコロナで金額は20万円。これは三島が用意したものだった。

7月下旬から8月にかけ、東京・紀尾井町のホテル・ニューオータニのプールにおいて、行動をともにするメンバーの追加候補が協議され、「楯の会」メンバーの古賀浩靖が選出された。

9月1日、森田と小賀は、新宿の深夜喫茶「パークサイド」に古賀浩靖を呼び出し、計画を初めて打ち明けたうえで、参画するよう呼びかける。神奈川大学を卒業し司法試験の勉強中だった古賀はいったん躊躇したものの、森田らの決意が固いことを知ると、最終的に参加を承諾した。

9月9日、三島は3名に古賀を加えた4名を銀座のレストランに呼び、計画の詳細が語られた。

「ここまできたら地獄の3丁目だ」

三島は、古賀に向かってそう語ったという。

「市ヶ谷で、『楯の会』会員の訓練中、自分が自動車で日本刀を搬入し、5人で連隊長にその日本刀で居合を見せるからといって連隊長室におもむき、連隊長を2時間人質として自衛隊員を集合させ、われわれの訴えを聞かせる。自衛隊員中に行動をともにするものがでることは不可能だろう。いずれにしても、自分は死ななければならない。決行日は、『楯の会』2周年記念日である11月25日」

三島がそう語ると、4人は無言で頷いた。

決行メンバー4人のプロフィール

三島が「決行メンバー」に選んだ4人のプロフィールは次のとおりである。森田必勝は1945年三重県四日市市生まれ。父は国民学校の校長で、母は代用教員という一家に生まれ、兄が1人、姉が3人いた。

2浪して早稲田大学に入学した森田は、空手部に入部。その後、防衛問題を研究する「早大国防部」を結成し、1967年6月には自衛隊体験入隊について話し合うために三島と会っている。1968年には三島が結成した「楯の会」に1期生として参加。その後、三島の思想を忠実に体現する片腕的存在となる。

小賀正義は、１９４８年和歌山県有田市生まれ。妹が１人いる。５歳の時に父は他界し、母はみかん園を営んでいた。母は「生長の家」信者で、小賀もその影響を受けている。上京し、神奈川大学に進学するが、全共闘運動に疑問を感じ、同級生に誘われ１９６８年に自衛隊体験入隊に参加、その後「楯の会」メンバーとなった。

小川正洋は１９４８年、千葉県山武郡生まれ。兄と姉が１人ずついる。１９６７年に明治学院大学に進学。その後日本学生同盟に入り、森田必勝と親しくなる。森田の勧めもあって同年、「楯の会」メンバーとなった。小川には恋人がおり同棲していたが、「決行日」前日に入籍している。

古賀浩靖は１９４７年北海道滝川市生まれ。2男5女の末っ子だった。地元の高校を卒業後、上京して小賀と同じ神奈川大学に進学する。１９６８年に「楯の会」に入り、神奈川大学卒業後は司法試験の勉強を続けていた。

１９７０年10月2日、三島は4人を銀座にある「中華第一楼」に集め、当日の計画を具体的に伝えた。それは次のような内容だった。

「当日の11月25日例会を午前11時に開始し、終了後、午後1時30分から市ヶ谷駐屯地内へリポートで平常通り訓練を開始する。三島は私服で参加し、午後0時30分に葬式があることを理由に、同様私服で来ている古賀とともに退席し、古賀の運転する車で日本刀を取りに行き、それをその車のトランクに入れ、さらに決起の行動をそのまま報道するため、あらかじめ信頼できる新聞記者2名をパレスホテルに待たせておき、同所から記者を車に同乗させ、右駐屯地の左内門から構内に入り、32連隊隊舎前で停車し、記者は車中に待たせておき、三島ら5名がそれぞれ日本刀を持って連隊長を拘束する」

実際に決行された計画とはかなり隔たりのある内容だが、すでにこの時点で「2名の記者に働きかける」といった構想が描かれている。後述するが、事件直前に三島は『サンデー毎日』の徳岡孝夫氏とNHKの伊達宗克氏の2名に最後のメッセージを託している。

入念に行われた「予行演習」

10月19日、麴町の東條会館で、決行メンバーが制服姿で記念写真を撮影。

決行メンバーの集合写真。中央が三島で後列は左から森田必勝、古賀浩靖、小川正洋、小賀正義（伊達克宗『裁判記録「三島由紀夫事件」』より）

11月3日、六本木のサウナ「ミスティ」休憩室で、三島は「自決するのは自分と森田だけにする」とメンバーに語っている。

当初はメンバー全員が自決する計画であったが、事件の責任を負う形で連隊長がその場で自殺するなどの事故を防止するため、小賀、小川、古賀は生き残ることを指示された。

11月12日には池袋の東武デパートで「三島由紀夫展」が開催された。これは東武側からの企画申し入れで、もちろん東武側は「決行」の計画を知っていたわけではない。

11月14日、三島は書き上げた「檄文」を披露している。

11月15日午後7時30分、三島は親交のあった伊沢甲子麿と帝国ホテルの17階パーラーで会い、日本文化について3時間にわたり話し合った。

11月17日、三島は『中央公論』創刊1000号パーティーに出席し、野坂昭如らと言葉を交わしている。

11月18日、後楽園のジムにやってきた三島は1時間半、空手の稽古に取り組んだ。支配人が「先生、珍しいですね」と声をかけると、三島は「うん、にわかに忙しくなったので……」と答えたという。

11月19日、新宿伊勢丹会館サウナに決行メンバーが集合した。この日は、計画実行にあたり綿密な時間配分が検証された。連隊長を拘束し、自衛隊員を集合させるために20分。三島の演説が30分。4名のメンバーの名乗りが各5分。「楯の会」会員に対する訓示が5分、などである。

11月21日、監禁する連隊長が在室しているかどうかの確認のため、森田は「三島の著書を届ける」という名目で市ヶ谷駐屯地を訪れた。ところが25日当日、連隊長は不在であることが判明。午後、急遽「中華第一楼」で会議が開かれ、拘束する相手を東部方面総監とすることになった。三島は直接総監部に電話し、25日11時のアポイントを取った。また、この日決行に必要なロープや針金などの道具も調達された。

11月22日、三島と実弟の平岡千之（内閣法制局参事官）が、互いの家族とともに銀座で食事をしている。だが、そのときの三島はいつもと変わらぬ態度であった。

11月23日、24日の2日間、三島は綿密にメンバーらと「予行演習」を繰り返し行った。また、バルコニーにかける垂れ幕や、それぞれの「辞世の句」もこのとき書かれている。

メンバーとの「最後の晩餐」

いよいよ決行前日の11月24日。三島はNHKの伊達宗克、『サンデー毎日』の徳岡孝夫にそれぞれ電話をかけている。

「25日午前11時、取材ができる準備をしてある場所に来て欲しい。詳しくは明日午前10時、また連絡する」

そして、午後3時。新潮社の担当編集者であった小島喜久江（後に小島千加子の名で著書を出版）に電話をかけ、『新潮』に連載中だった「豊饒の海」の原稿を渡すため、10時半きっかりに自宅へ来て欲しいと連絡している。

この日午後6時、三島は決行メンバー4人と新橋の料亭「末げん」を訪れた。注文はビール7本とスープ煮5人分。各自、これまで自分が歩んできた道を語り合ったが、座はそれほど盛り上がることはなかったという。

「最後の晩餐」が終わり、メンバーたちはみな自宅へと帰っていった。三島も自宅に戻ったが、そのときのことを父・平岡梓がこう書いている。

〈そのとき突然伜がテラスから座敷に上って来ました。僕の家と伜の家とは、まあ廊下づたいのようなもので、洋館嫌いの老夫婦は木造長屋に住んでいて、絶えず往復している関係です。ちょっといつもやって来る時刻と違うな、と思いました。やって来るといつもは積極的に話題を提供して大きな声で笑いながら話をしていくのに、今度はちょっと違っていました。家内が、その場にいないので、いつものくせで真先に、

「おかあさんは」と申します。

「結婚式に出かけている。もうそろそろ帰って来る時刻だろう。ちょっと待っていろよ」

などと言って何か面白い話でも聞きたいものだと思っていて、実のある話も出ないままに間もなく、家内が帰って来ました。家内との間に、

「あら、いまごろ来るのは珍しいわね、もう仕事はすんだの」

「うん僕は今夜はすっかり疲れてしまった、おかあさん、早く寝たいんだよ」

「早くお休みなさい。疲れていそうね。仕事をしすぎるからよ。そんなときには横になるのが何よりよ」

「うん、そうする。お休みなさい」と極めて簡単な会話があった。〉（『伜・三島由紀夫』）

三島はお手伝いさんに「翌朝は8時に起こしてもらいたい、その時冷たい水をもってきてくれ」と頼んでいる。

「冗談はよしなさい」

11月25日。午前7時半に、長女と長男を学校に送るため、瑤子夫人の車が三島邸を出た。午前8時、三島が起床。お手伝いさんから冷たい水を受け取ると、無言でそれを飲み干した。

三島は、前出の伊達（NHK）、徳岡（『サンデー毎日』）記者に電話をかけ、

「午前11時に市ヶ谷会館で、『楯の会』メンバーと会ってほしい」と伝えた。

そして三島は、歌手の村田英雄の自宅にも電話をかけている。村田は公演旅行に出ていて留守であったが、三島は公演先の宿に電話をかけ、村田へのメッセージを伝えていた。

「三島由紀夫ですが、村田さんがお見えになられましたら、紅白歌合戦の出場、おめでとうございますとお伝えください」

午前10時13分、森田、小賀、小川、古賀の乗った車が三島邸に到着した。制服姿の三島の手には、大盛堂書店の舩坂弘から譲り受けた日本刀「孫六兼元」があった。三島は森田以外のメンバーに計画の「命令書」と3万円の入った封筒を渡した。運転は小賀で、三島は助手席に乗った。

南馬込の三島邸を出発した車は、高速道路に入った。神宮外苑付近にさしかかったとき、三島はふとこう言った。

「これがヤクザ映画なら、ここで義理と人情の〝唐獅子牡丹〟といった音楽がかかるのだが、俺たちは意外に明るいなあ」

そして三島が歌い始めると、4人も歌った。10時55分、車は市ヶ谷の自衛隊に到着している。

そのころ、三島のいない自宅には新潮社の編集者、小島喜久江が訪れていた。小島はお手伝いさんから「豊饒の海」の原稿を渡されたが、いつもは封もせず投げ込んである原稿が、この日に限って封がしてあったという。

訪問を待っていた自衛隊では、業務室庶務班長の沢本泰治三佐が三島を館内に案内した。沢本は三島が1人で来るものと思っていたため、4人のメンバーが同行していることに困惑したが、三島の前ではそれを咎めることができなかった。

業務室長の原勇一佐が、総監室の前で待っていた。三島ら5名は総監室に通され、ソファに腰かけた。なかから、益田兼利・東部方面総監が笑顔で現れた。三島が「楯の会」メンバーを総監に紹介したあと、三島が持ち込んだ日本刀が話題となった。それは三島らの狙い通りの展開だった。

益田総監が三島に問いかけた。

「それは本物ですか」

「本物ですよ」

「そんな軍刀を持っていて、警察が問題にしませんか」

「これは関の孫六を軍刀づくりに直したものです。鑑定書をお見せしましょうか」

三島は「関兼元」と書かれた鑑定書を総監に見せた。

三島は日本刀を抜いて、こう言った。

「小賀、ハンカチ」

油をふき取るためのハンカチ——だが、これはまさにあらかじめ決められていた「決行」の合図だった。ところがこのとき、総監が意外な行動に出る。

「チリ紙ではどうかな」

総監は自ら立ち上がると執務室のほうに歩いていった。三島と小賀は顔を見合わせ、行動を自制した。

総監が戻ってくると、再びソファに座った。三島は手拭いで刀を拭くと、それを総監に見せた。

「いい刀ですね。やはり三本杉ですね」

関孫六の刃紋が三本杉であることを知っていた総監が言い、刀を三島に返した。三島は刀を鞘に納めると、それが合図となってメンバーらが総監の口を塞ぎ、椅子に縛りつけた。

何かの冗談と思っていた総監は言った。

「三島さん、冗談はよしなさい」

だが、そのとき三島は刀を抜いたまま総監をにらみつけていた。

記者が受け取った最後の手紙

三島らが総監を縛り上げていたそのとき、NHKの伊達記者と『サンデー毎日』の徳岡記者は、市ヶ谷会館で「楯の会」メンバーから檄文と遺書のようなものを渡された。

そこには、三島と4人のメンバーの記念写真、檄文とともに、次のように書かれた手紙が入っていた。(徳岡記者あての手紙)

前略

いきなり要用のみ申上げます。

御多用中をかへりみずお出でいただいたのは、決して自己宣伝のためではありません。

事柄が自衛隊内部で起るため、もみ消しをされ、小生らの真意が伝はらぬのを怖れてであります。しかも寸前まで、いかなる邪魔が入るか、成否不明でありますので、もし邪魔が入って、小生が何事もなく帰ってきた場合、小生の意図のみ報道機関に伝はつたら、大変なことになりますので、特に私的なお願ひとして、御厚意に甘えたわけであります。

小生の意図は同封の檄に尽くされてをります。

この檄は同時に演説要旨ですが、それがいかなる方法に於て行われるかは、まだ、この時点に於て申上げることはできません。

何らかの変化が起るまで、このまま市ヶ谷会館ロビーで御待機くださることが最も安全であります。決して自衛隊内部へお問い合わせなどなさらぬやうお願ひいたします。

市ヶ谷会館三階には、何も知らぬ楯の会会員たちが例会のため、集つてをります。この連中が警察か自衛隊の手によつて、移動を命ぜられるときが、変化の起つた兆であります。そのとき、腕章をつけられ、偶然居合はせたやうにして、同時に駐屯地内へお入りになれば、全貌を察知されると思ひます。市ヶ谷会館屋上から望見されたら、何か変化がつかめるかもしれません。


しかし、事件はどのみち、小事件にすぎません。

あくまで小生らの個人プレイにすぎませんから、その点ご承知置き下さい。

同封の檄及び同志の写真は警察の没収をおそれて差上げるものですから、何卒うまく隠匿された上、自由に御発表ください。


檄は何卒、何卒、ノー・カットで御発表いただきたく存じます。

事件の経過は予定では二時間であります。

しかし、いかなる蹉跌が起るかしれず、予断を許しません。傍目にはいかに狂気の沙汰に見えようとも、小生らとしては、純粋に憂国の情に出でたるものであることをご理解いただきたく思ひます。

万々一、思ひもかけぬ事前の蹉跌により、一切を中止して、小生が市ヶ谷会館へ帰ってくるとすれば、それはおそらく午前十一時四十分頃まででありませう。もし、その節は、この手紙、檄、写真をご返却いただき、一切をお忘れていただくことを虫の好いお願ひ乍らお願ひ申上げます。

なお、事件一切の終了まで、小生の家庭へは、直接御連絡下さらぬやう、お願ひいたします。ただひたすら一方的なお願ひのみで、恐縮のいたりであります。御厚誼におすがりするばかりであります。願ふはひたすら小生らの真意が正しく世間へ伝はることであります。

ご迷惑をおかけしたことを深くお詫びすると共に、バンコック以来の格別の御友誼に感謝を捧げます。

三島由紀夫

十一月二十五日

徳岡孝夫様

二伸　なほ同文の手紙を差上げたのは他にＮＨＫ伊達宗克氏のみであります。

三島らが突き付けた「要求書」

最初に総監室内の「異変」に気づいたのは、お茶を出すタイミングを見計らっていた沢本三佐であった。

11時8分ごろ、小さなのぞき窓から来客の様子を確認すると、刀を持った三島と、縛られた総監の姿が目に入ったため、沢本三佐はすぐさま業務室長の原勇一佐に報告した。後に刑事裁判の証人として出廷した原氏は次のように証言している。

〈沢本三佐から「総監室の様子がおかしい」と報告があり、セロテープを貼ったのぞき窓からなかを見た。ぼんやりと見えるだけだが、総監が正面のイスに腰をおろし、うしろに楯の会隊員がいて、「マッサージでもうけているのか、それともどこか具合が悪いのか」と思った。ところが、総監の動きが不自然なので、これはおかしいと思った。そこで正面のドアから入ろうとしたところ、カギがかかっていてあかない。体当たりをしたがあかず、そのうちに2、30センチの隙間ができた。そのとき「来るな、来るな」と中から声があり、ドアを閉めようとした。何か分からないが、何かがあると感じ、誰か呼ぼうとしたところ、足もとに白い紙があるのに気づいた。これを持って自室に戻った。これはコピー用紙を4つ折りにしたもので、目を通してすぐ行政副長と防衛副長に「三島らが総監室を占拠し、総監を監禁した」と報告した。要求書にある「自衛隊員を集めろ」とか「市ヶ谷会館から楯の会の隊員を呼べ」などという内容は、報告をしながら読んだ。何が行われているかわからないが、総監の足の動きを見ておかしいと感じたので、総監室左側の幕僚長室にはいった。総監室と幕僚長室の間にドアがあり、先に入ったものがそのドアを開こうと押していたが、なかなか開かず、そのうち総監室側に積み上げたバリケードがずれたらしく、ずるずると開いたので、川辺晴夫二佐、中村薫正一佐らに続いて入った。〉

三島らが提示した「要求書」には、主に次のような内容が記されていた。

①11時30分までに全市ヶ谷駐屯地の自衛官を本館前に集合せしめること。
②左記次第の演説を静聴すること。
（イ）三島の演説（檄の撒布）
（ロ）参加学生の名乗り
（ハ）楯の会の残余会員に対する三島の訓示
③楯の会残余会員（本事件とは無関係）を急遽市ヶ谷会館より召集、参列せしむること。
④11時30分より13時10分にいたる2時間の間、一切の攻撃妨害を行はざること。一切の攻撃妨害が行はれざる限り、当方よりは一切攻撃せず。

⑤右条件が完全に遵守せられて2時間を経過したときは、総監の身柄は安全に引渡す。その形式は、2名以上の護衛を当方より附し、拘束状態のまま（自決防止のため）、本館正面玄関に於て引渡す。

⑥右条件が守られず、あるいは守られざる惧れあるときは、三島は直ちに総監を殺害して自決する。

ここで完全に異常を察知した複数の自衛官たちが総監室に飛び込んでいくが、三島やメンバーは日本刀で応戦。8名が斬りつけられて重軽傷を負った。だが、後の証言で、三島は決して致命傷を負わせるような斬り方をしなかったことが分かっている。

11時20分、突入することで総監の生命が危険に晒されると判断した防衛副長は、要求通り自衛隊員の集合をかけることを決めた。

11時22分に警視庁へ110番通報。11時50分、館内放送があり「業務に支障がないものは本館正面玄関に集合してください」とのアナウンスがなされた。首相の佐藤栄作に第一報が伝わったのは、11時56分のことだった。

上空を旋回するヘリコプター

正午、アナウンスを聞いた約1000名の隊員が、正面玄関前に集まった。バルコニーに現れたのは「七生報国」の鉢巻きを巻いた三島由紀夫である。墨書きされた垂れ幕が下げられ、檄文が飛散した。

「三島じゃないか」

「誰かが日本刀で切られたらしい」

ざわめきのなかで、三島が用意の演説を始めた。だが、大きな野次に加え、警視庁に入った情報を聞きつけたマスコミのヘリが上空を旋回し始めたことで、声が聞こえない。

〈去年の10・21から1年間、俺は自衛隊が怒るのを待ってた。もうこれで憲法改正のチャンスはない！　自衛隊が国軍になる日はない！　建軍の本義はない！　それを私は最もなげいていたんだ。自衛隊にとって建軍の本義とはなん

バルコニーで演説した三島由紀夫。時間は10分に満たなかった

だ。日本を守ること。日本を守るとはなんだ。日本を守るとは、天皇を中心とする歴史と文化の伝統を守ることだ。
おまえら聞けぇ、聞けぇ！　静かにせい、静かにせい！　話を聞けっ！　男一匹が、命をかけて諸君に訴えてるんだぞ。いいか。いいか……〉

だが、この時点で自衛隊員たちはまさか三島が自決するなどと思っていない。野次はますます大きくなり、三島の「最後の演説」は届かなかった。
当然のことながら、三島の主張に共鳴するような隊員はいない。10分に満たない演説を切り上げた三島は最後にこう叫んだ。

〈天皇陛下万歳ッ！　万歳ッ！　万歳ッ！〉

12時7分、三島はバルコニーから姿を消した。そして、事件は急転直下、ハイライトシーンに突入することになる。

老醜を拒否した男の「美学」

衝撃的な「自決」！
「11・25」ドキュメント
PART2

総監室に散った2名の男。
監禁された総監が見た「地獄絵図」と
三島が残した鮮烈な「行動の美学」。

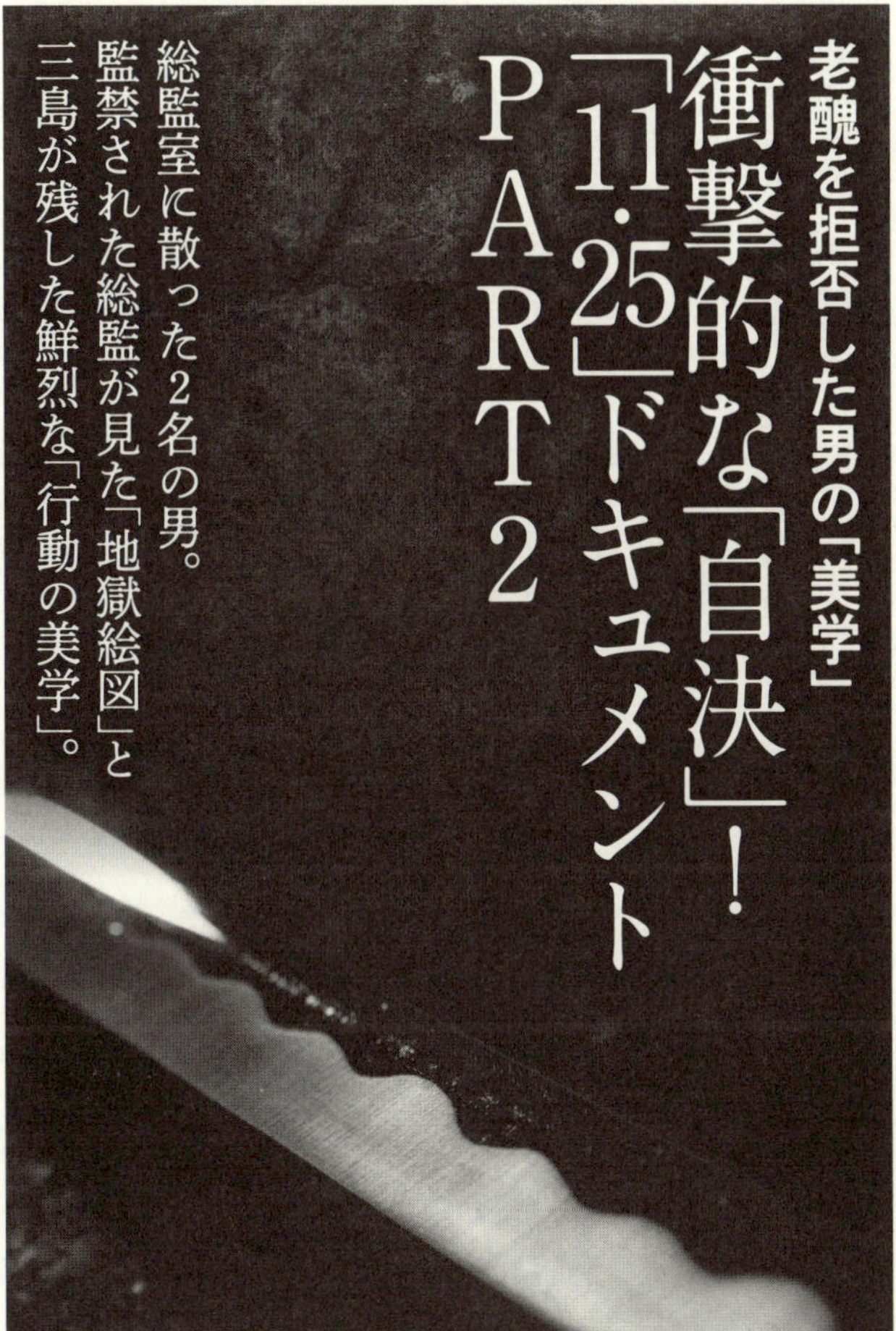

「こうするより仕方なかったんだ」

バルコニーでの演説が不本意なものに終わった三島は、総監室に戻った。三島はこう独り言を言った。

「20分ぐらい話したんだな。あれでは聞こえなかったな」

監禁されている益田総監のそばを通り、三島はこうつぶやいた。

「こうするより仕方がなかったんです」

三島が制服のボタンを外すと、鍛え上げられた肉体が現れた。三島は自分の腕時計を外すと、小賀に渡した。そのとき、監禁されていた益田総監はこれから何が始まるのかをおおむね理解した。

三島と「切腹」を結びつけるキーワードは、自決の10年ほど前、1961年に発表された小説『憂国』だ。後に映画にもなったこの作品のなかで、三島は驚くほど詳細に切腹を描写している。三島の死後、この作品がさらに高い注目を集めたのは当然だった。

〈そのとき中尉は鷹のような目つきで妻をはげしく凝視した。刀を前へ廻し、腰を持ち上げ、上半身が刀先へのしかかるようにして、体に全力をこめているのが、軍服の怒った肩からわかった。中尉は一思いに深く左脇腹へ刺そうと思ったのである。鋭い気合の声が、沈黙の部屋を貫いた。

中尉は自分で力を加えたにもかかわらず、人から太い鉄の棒で脇腹を痛打されたような感じがした。一瞬、頭がくらくらし、何が起ったのかわからなかった。五六寸あらわした刃先はすでにすっかり肉に埋まって、拳が握っている布がじかに腹に接していた。

意識が戻る。刀はたしかに腹膜を貫いたと中尉は思った。呼吸が苦しく胸がひどい動悸を打ち、自分の内部とは思えない遠い遠い深部で、血が裂けて熱い熔岩が流れ出したように、怖ろしい劇痛が湧き出して来るのがわかる。その劇痛が怖ろしい速度でたちまち近くへ来る。中尉は思わず呻きかけたが、下唇を噛んでこらえた。

これが切腹というものかと中尉は思っていた。それは天が頭上に落ち、世界がぐらつくような滅茶滅茶な感覚で、切る前はあれほど鞏固に見えた自分の意志と勇気が、今は細い針金の一線のようになって、一途にそれに縋ってゆかねばならない不安に襲われた。拳がぬるぬるして来る。見ると白布も拳もすっかり血に塗れそぼっている。褌もすでに真紅に染っている。こんな烈しい苦痛の中でまだ見えるものが見え、在るものが在るのはふしぎである。

〈中尉は右手でそのまま引き廻そうとしたが、刀先は腸にからまり、ともすると刀は柔らかい弾力で押し出されて来て、両手で刀を腹の奥深く押えつけながら、引廻して行かねばならぬのを知った。引廻した。思ったほど切れない。中尉は右手に全身の力をこめて引いた。三四寸切れた。

苦痛は腹の奥から徐々にひろがって、腹全体が鳴り響いているようになった。それは乱打される鐘のようで、自分のつく呼吸の一息一息、自分の打つ脈搏の一打ち毎に、苦痛が千の鐘を一度に鳴らすかのように、彼の存在を押しゆるがした。中尉はもう呻きを抑えることができなくなった。しかし、ふと見ると、刃がすでに臍の下まで切り裂いているのを見て、満足と勇気をおぼえた。

血は次第に図に乗って、傷口から脈打つように迸った。前の畳は血しぶきに赤く濡れ、カーキいろのズボンの襞からは溜った血が畳に流れ落ちた。ついに麗子の白無垢の膝に、一滴の血が遠く小鳥のように飛んで届いた。

中尉がようやく右の脇腹まで引廻したとき、すでに刃はやや浅くなって、膏と血に辷る刀身をあらわしていたが、突然嘔吐に襲われた中尉は、かすれた叫びをあげた。嘔吐が劇痛をさらに攪拌して、今まで固く締っていた腹が急に波打ち、その傷口が大きくひらけて、あたかも傷口がせい一ぱい吐瀉するように、腸が弾け出て来たのである。腸は主の苦痛も知らぬげに、健康な、いやらしいほどいきいきとした姿で、喜々として辷り出て股間にあふれた。中尉はうつむいて、肩で息をして目を薄目にあき、口から涎の糸を垂らしていた。肩には肩章の金がかがやいていた。〉（『憂国』新潮文庫）

ここまで切腹を研究し尽くしていた三島に、ためらいというものはなかったのだろう。三島は総監にこう言った。

「恨みはありません。自衛隊を天皇にお返しするためです」

「森田さんもう一太刀！」

上半身裸になった三島は、ざわめきが止まらないバルコニー方面を向いて正座し、後方に日本刀を手にした森田が立った。

「ヤーッ！」

すさまじい気合を込め、三島が叫んだ。

両手をそろえ、短刀を左腹に突き立てると、右へ一気に引いた。

大上段にふりかぶった森田が、三島に太刀を振り下ろした。だが、それは右肩に当たり、介錯とならなかった。

森田はいま一度、右側から介錯を試みた。今度は三島の首が大きく切れ、三島の体はゆっくりと前に倒れた。だが、まだ首は胴体とつながっている。

小賀が言った。

「森田さん！」

古賀もこう声をかけた。

「森田さんもう一太刀！」

森田はここで、三島の血にまみれた刀を降ろし、古賀に言った。

「浩ちゃん、頼む」

もし、森田が介錯に失敗したり、あるいはできなくなった場合、誰もが代行する覚悟でいることは事前に確認されていた。

ここで監禁されていた益田総監が叫んだ。

「やめろ！　介錯するな！　とどめをさすな！」

だが、その言葉は聞き入れられなかった。

古賀は三島の首を皮一枚残して介錯し、最後は小賀が胴体から切り離した。首を一撃で跳ね飛ばさないというのは、切腹の正しい作法でもあった。

続いて、森田が裸になった。森田の介錯は、当初小川が担当することになっていた。しかし、そのとき小川は自決を妨害されないよう総監室入り口付近で見張りをしていたことから、森田はこう言った。

「小賀、頼む」

ところが、小賀も総監を監視していたことから、介錯は古賀が担当することになった。

森田は、三島の遺体の横に正座し、すぐに短刀を腹に刺した。

「まだまだ！」

後方の古賀が刀を構える。

「よし！」

森田の決死の掛け声と同時に、古賀が刀を振り下ろした。今度は一太刀で、森田の首が胴体から離れた。

時刻は12時15分過ぎ。三島がバルコニーで演説を終えてから、わずか数分ほどの間のできごとだった。

古賀、小川、小賀は三島と森田の遺体に制服をかけ、首を並べた。総監の足を縛っていたロープを解くと、益田総監は言った。

「私は暴れない。手を縛ったまま、人さまの前に出すのか」

すると3人は手を縛ったロープを解いた。三島と森田の遺体を見て涙を流す3人を見て、益田総監はこう言った。

「もっと思い切り泣け……」

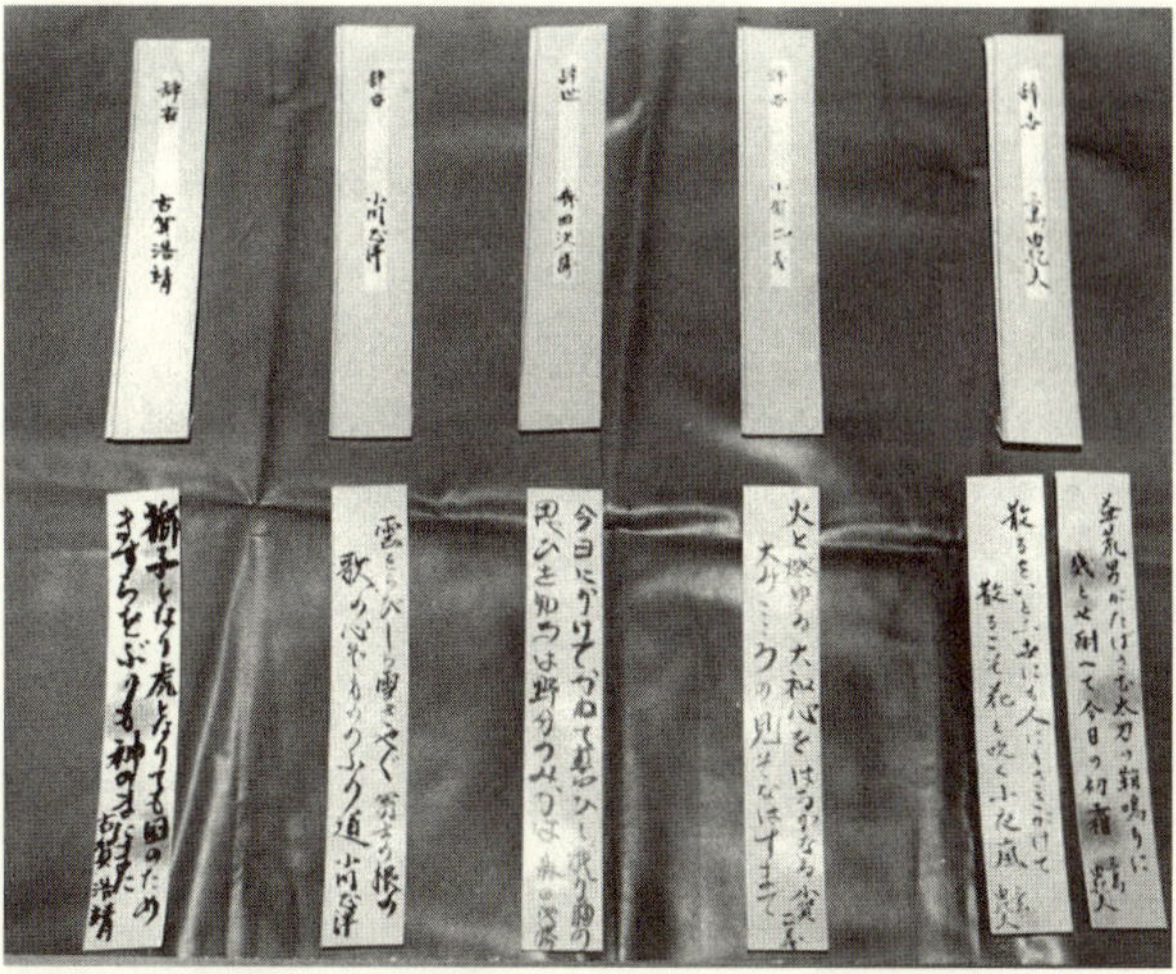

決行メンバー全員が残した「辞世の句」

総監は自ら遺体に向かって手を合わせ、故人の冥福を祈った。

現場には、5人のメンバーの「辞世の句」が残されていた。三島が2句、残りのメンバーは1句である。

「益荒男が　たばさむ太刀の　鞘鳴りに　幾とせ耐へて　今日の初霜」（三島）

「散るをいとふ　世にも人にも　先駆けて　散るこそ花と　吹く小夜嵐」（三島）

「今日にかけて　かねて誓ひし

我が胸の　思ひを知るは　野分のみかは」（森田）

「火と燃ゆる　大和心を　はるかなる　大みこころの　見そなはすまで」（小賀）

「雲をらび　しら雪さやぐ　富士の根の　歌の心ぞ　もののふの道」（小川）

「獅子となり　虎となりても　国のため　ますらをぶりも　神のまにまに」（古賀）

12時20分過ぎ、小川と古賀に抱えられるようにして総監室から益田総監が出てきた。そして日本刀を持った小賀も続く。

3人はその場で、警視庁牛込署員に逮捕された。

12時23分、総監室内で自決した三島と森田の死亡が確認された。

回し読まれた三島の「遺書」

衝撃の一報は、ニュース速報で日本中を駆け巡った。この日、臨時国会で佐藤栄作首相が所信表明演説をしているが、三島事件にかき消され、ほとんど報道されなかった。

午後1時過ぎ、作家の川端康成や石原慎太郎らが現場を訪れている。川端は「もったいない死に方をしたものです」とコメントした。

その日、著名人は次のような談話を発表している。

「常軌逸した行動」中曽根康弘防衛庁長官（『朝日新聞』）
「三島さんは本気だったんだあということだ」開高健（『朝日新聞』）
「こういうことは単なる事件と考えてはいけない」松本清張（『朝日新聞』）
「彼は結局内面の緊張に耐えられなくなって死んだのではないか」井上光晴（『朝日新聞』）

「文学とは全く関係のないナンセンスなことだ」山崎正和（『毎日新聞』）
「天才と狂気は紙一重だ」佐藤栄作首相（『毎日新聞』）
「今回とった行動はもとよりかれの思想にたいしても批判はあるがいまは何もいいたくない」石原慎太郎（『読売新聞』）

三島の行動を評価、理解する論調はほとんどなかった。だが、自決という事実はあまりにも重く、そこに理屈を超えた強烈な「何か」が残されたのは事実である。

当日午後5時15分、三島と森田の首と遺体は検視のため、市ヶ谷駐屯地から牛込署に移送された。また午後10時過ぎ、警視庁は三島邸や森田必勝のアパートを創作し、その作業は朝方まで続けられた。

翌日の26日午前11時20分ごろから、慶応大学病院で三島と森田の遺体の解剖が実施された。検視の結果「頚部離断」、つまり介錯によって三島が死に至ったと結論付けられた。

解剖を終えた遺体は、首と胴体を縫合され、午後3時前に死体安置室において、三島の遺体は弟・千之に引き渡され、森田の遺体は兄・治に引き渡された。

森田は、そのまますぐに渋谷区代々木の火葬場で荼毘に付され、三島も同日18時10分、品川区の桐ケ谷斎場で荼毘に付された。その棺には、原稿用紙と愛用の万年筆が納められたという。

三島は、「楯の会」1期生の倉持清あてに遺書を残しており、またそのなかに「楯の会」全員に向けた遺書(「楯の会会員たりし諸君へ」)も同封されていた。

その内容は森田必勝の通夜で回し読みされたという。

〈諸君の中には創立当初から終始一貫行動を共にしてくれた者も、僅々九ケ月の附合の若い五期生もゐる。しかし私の気持としては、経歴の深浅にかかはらず、一身同体の同志として、年齢の差を超えて、同じ理想に邁進してきたつもりである。たびたび、諸君の志をきびしい言葉でためしたやうに、小生の脳裡にある夢は、楯の会全員が一丸となつて、義のために起ち、会の思想を実現することであつた。それこそ小生の人生最大の夢であつた。日本を日本の真姿に返すために、楯の会はその總力を結集して事に当るべきであつた。

　このために、諸君はよく激しい訓練に文句も言はずに耐へてくれた。今時の青年で、諸君のやうに、純粋な目標を据ゑて、肉体的辛苦に耐へ抜いた者が、他にあらうとは思はれない。革命青年たちの空理空論を排し、われわれは不言実行を旨として、武の道にはげんできた。時いたらば、楯の会の真價は全国民の目前に証明される筈であつた。

　しかるに、時利あらず、われわれが、われわれの思想のために、全員あげて行動する機会は失はれた。日本はみかけの安定の下に、一日一日、魂のとりかへしのつかぬ癌症状をあらはしてゐるのに、手をこまぬいてゐなければならなかつた。もつともわれわれの行動が必要なときに、状況はわれわれに味方しなかつたのである。

　このやむかたない痛憤を、少数者の行動を以て代表しようとしたとき、犠牲を最小限に止めるためには、諸君に何も知らせぬ、といふ方法しか残されてゐなかつた。私は決して諸君を裏切つたのではない。楯の会はここに終り、解散したが、成長する諸君の未来に、この少数者の理想が少しでも結実してゆくこ

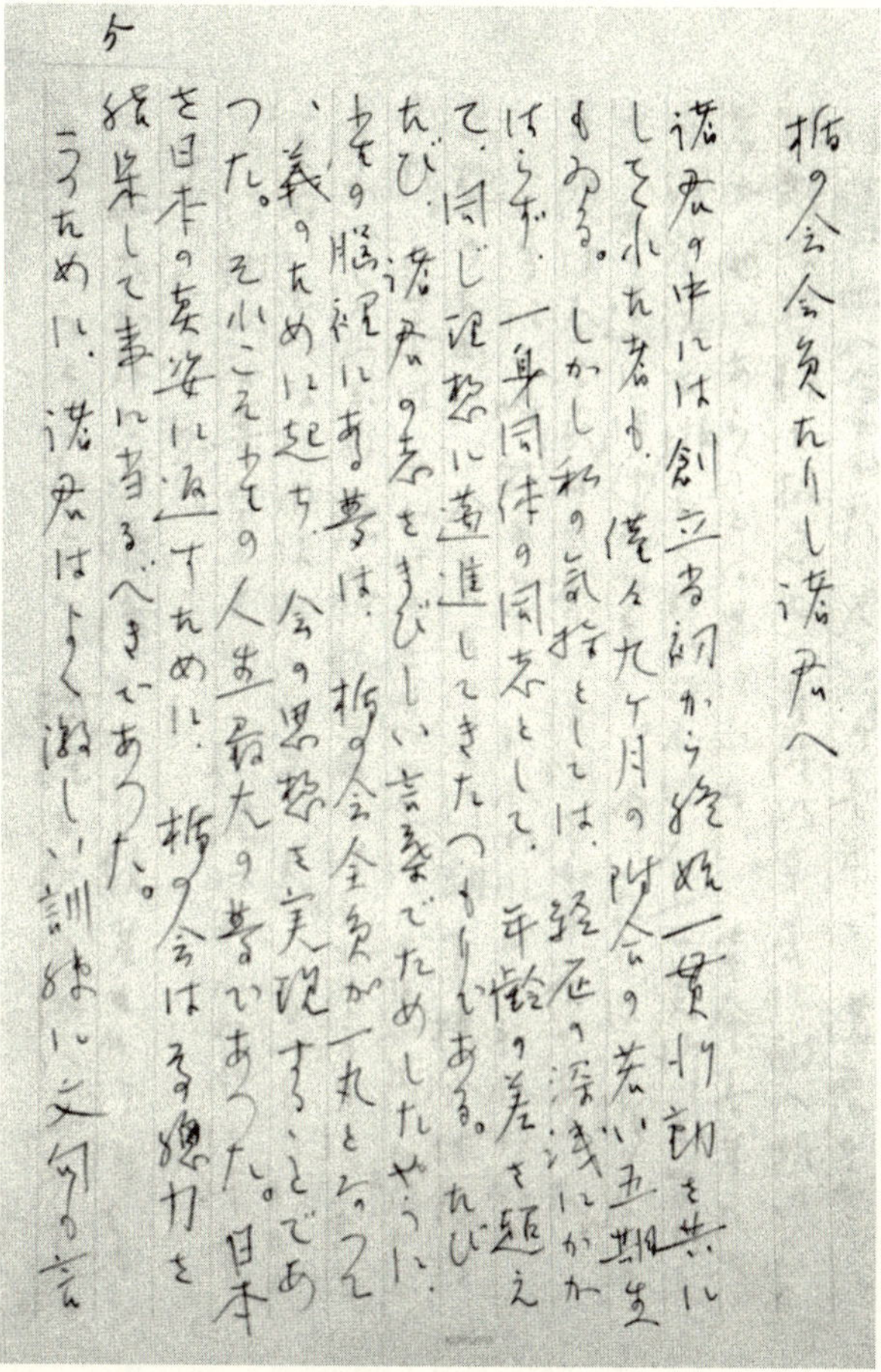

5

楯の会会員たりし諸君へ

諸君の中には創立当初から終始一貫行動を共にしてくれた者も、僅々九ヶ月の附合の若い五期生もゐる。しかし私の気持としては、経歴の深浅にかかはらず、一身同体の同志として、年齢の差を超えて、同じ理想に邁進してきたつもりである。たびたび、諸君の志をきびしい言葉でためしたやうに、小生の脳裡にある夢は、楯の会全員が一丸となつて、義のために起ち、会の思想を実現することであつた。それこそ小生の人生最大の夢であつた。日本を日本の真姿に返すために、楯の会はその総力を結集して事に当るべきであつた。

このために、諸君はよく激しい訓練に文句の言

「楯の会」会員たちにあてた三島の遺書

とを信ぜずして、どうしてこのやうな行動がとれたであらうか？　そこをよく考へてほしい。

日本が堕落の淵に沈んでも、諸君こそは、武士の魂を学び、武士の錬成を受けた、最後の日本の若者である。諸君が理想を放棄するとき、日本は滅びるのだ。

私は諸君に、男子たるの自負を教へようと、それのみ考へてきた。一度楯の会に属したものは、日本男児といふ言葉が何を意味するか、終生忘れないでほしい、と念願した。青春に於て得たものこそ終生の宝である。決してこれを放棄してはならない。

ふたたびここに、労苦を共にしてきた諸君の高潔な志に敬意を表し、かつ盡きぬ感謝を捧げる。


天皇陛下万歳！

楯の会々長　三島由紀夫

昭和四十五年十一月

（三島森田事務所『「楯の会」のこと』）

なお、小賀正義、小川正洋、古賀浩靖の3名は、嘱託殺人、不法監禁、傷害、暴力行為、建造物侵入、銃刀法違反の6つの容疑で、11月27日に送検され、その後12月17日に、嘱託殺人、傷害、監禁致傷、暴力行為、職務強要の5つの罪で起訴された。

葬儀に参列した8000人

三島の死後、その死の真相に迫るジャーナリズムと、文学作品を総括する視点から、大量の記事、評論が世に流れた。

書店では三島関連の書が山積みになり、三島を良く知る作家や関係者、また三島から最後に手紙を託された2人の記者は「渦中の人物」となった。そして、監禁された益田兼利総監は12月22日、引責辞任する。

三島の葬儀が執り行われたのは、年が明けた1971年1月24日のことである。

葬儀会場は二転三転し、帝国ホテルや青山斎場、蔵前国技館などいくつもの候補が浮かんでは消えたが、最終的に東京の築地本願寺が会場となった。当日は、三島文学のファン、右翼、出版関係者、政治家、著名人など、三島の交友関係の広さを象徴するように、8000人以上もの人々が築地本願寺に参列した。

3月からは、三島事件の公判が始まった。自決とはいえ、介錯によって三島と森田を死に至らしめたことや、総監の監禁、自衛官への傷害などで残された3人のメンバー（被告）は刑事責任を負うことが確実だった。

だが、世間の関心事はなぜ、三島がいつからそのような計画を打ち立て、どのような動機で自決に至ったのか。また三島は総監室で何を語っていたのか、事件の解明につながるような証言に注目が集まった。

築地本願寺で執り行われた三島の葬儀

ここでは、3被告が出廷し陳述した1971年12月20日の15回目の公判を紹介することにしたい。事件に関して、生き残ったメンバーは法廷以外の場所で何も語っていない。ゆえに貴重な記録である。

酒井弁護人　神奈川大学で経営工学を学んだ理由は?

小賀　機械関係の事業を自分でやりたかったから。それにサラリーマンになるのは嫌だったので……。

酒井弁護人　全国学協に入ったのは?

小賀　(昭和)42年の終わりごろ、神奈川大学で学園紛争が始まり、自分の学園の危機を感じた。反帝学評が主流だったが、そのまま放っておいたのでは学園が荒らされると思った。しかし、自分1人ではどうしようもないので、学協に入って彼らの手から学園を守ろうと考えた。

酒井弁護人　紛争の実状は?

小賀　校舎の封鎖、学長の退陣などもあり、いまもって尾を引いている。学協ではビラ配りをしたり、自治会の役員をした。現在は正式に退会届を出したわけではないが、以前に所属していたということです。元「楯の会」会員でもあるので、団体との関係は避けたいと思っている。

酒井弁護人　「楯の会」に入った理由は?

小賀　学園紛争に端を発し、新宿騒乱など街頭にまで騒ぎが広がった。こうした革命状況に際し、何を守らなければならないのか、これを失ったら……という原点を求めた。内乱となったら、皇居を守るものとしての「楯の会」の存在を知った。そして自分の行動のため、軍事訓練を受け、肉体を鍛える目的で入った。最初は「楯の会」の行動がすべてではなかった。

酒井弁護人　自衛隊の体験入隊のとき、一緒だった三島氏の印象は?

小賀　体験入隊前に会ったことがなかったので、小説家とか文化人はなよなよで、言葉はあっても肉体は置き去りになっていると思っていた。しかし、三島先生と同じ釜の飯を食ってみて、ともに起き、野を駆け、汗をかいてみたら、こういう人が文化人のなかにもいたのかと心強かったし、先生の真心が感じられた。ほんとうに信頼できる人だと思った。

酒井弁護人　生命を預けるという気持ちになったのは?

小賀　そのころです。生命は日本と日本民族の源流からわき出た岩清水のようなものです。生命をかけて行動するのはその源流に戻ること。源流とは天皇だと考えた。先生とともに行動することは、生命をかけることだった。班長になったころ（昭和44年3月）の「楯の会」の目的は、自衛隊の治安出動の直前に警察力で守りきれないような場合、その間隙を埋めるということだった。

酒井弁護人　自衛隊の印象は？

小賀　「楯の会」にはいる前、学生同志15、6人で練馬（駐屯地）へ行ったことがあるが、1日の課業のあと、隊員が風呂に行ったり、食事をしたりしていても、国旗がおろされるとき、隊のすべてが静止した。1日を終えたそれが日の丸に集中される。日の丸がするするとおりていくとき、自分自身が日の丸になったような、涙するような、それまで味わったことのない感激を覚えた。旧軍隊を体験したわけではないが、人間的な親密感をおぼえた。自衛隊は期待していたよりなよなよ的で、昔の軍隊は星1つ違えば大変だったそうだが、それがなく、あらゆる面で馴れ馴れしく感じた。教官も助教も立派な人たちだったし、親密な気持ちでつきあえたが、一般隊員たちとは突っ込んで討論できなかった。教官たちも、天皇や憲法9条について聞くとみんな避けた。理由は「公務員だから」ということだった。いくら真剣に聞いても逃げるばかりで話し合いにはならなかった。

酒井弁護人　あなたの調書には、決起を図っても自衛隊はついてこないだろう、とあるがそれは……。

小賀　自衛隊員が自分の生活をかけて行動することはありえないと思った。天皇や憲法のことを話すと左遷されたり、昇給に関係するといった考えがあるようで、自分の生活に窮々としているような自衛隊員が、生命をっけて行動するようなことはありえないと思った。

酒井弁護人　森田案というのは?

小賀　44年10月か11月ごろ、「楯の会」のパレードをやるというので、班長が集まったとき、三島先生が「10・21も不発に終わり、彼ら(デモ学生)の行動に対する治安出動もなくなった。『楯の会』はどうすべきか」と言った。そのとき森田さんは「『楯の会』と自衛隊で国会を包囲し、憲法改正を発議させたらどうだろうか」と言った。それについて三島先生は「武器の問題のほか、国会の会期中は難しい」と言われた。
酒井弁護人　今回の行動の具体的な案ができたのは？
小賀　（昭和45年）6、7月ごろ。その後、変遷はあった。火薬庫を爆破して決起させる案もあった。今回の計画が具体的に決まったのは11月3日だと思う。
酒井弁護人　あなたの調書にはクーデターを承認しているような供述があるが……。
小賀　ぼくらの言うクーデターは、一般のと違う。一般のは武力で政権を奪取することだが、ぼくらのは、政権を奪取してもあとは自衛隊に任せる。ただ責任は取る。ぼくらの行動は最終的な行動で生命をかけることだった。
酒井弁護人　こんどの行動に自衛隊を選んだのは？
小賀　自衛隊は戦後体制、占領下につくられた憲法の落とし子である。それに生命を投げつければ、戦後体制そのものに生命をぶつけることになる。そして、自衛隊は男の世界でもあるから。
酒井弁護人　あなたは「火と燃ゆる　大和心を　はるかなる　大みこころの見そなはすまで」と辞世を詠んでいるが、その意味は？

小賀　ぼくらが忠誠を尽くすのは、日本の原点である天皇で、そのみこころに一致したい、あの行動がかりに自衛隊のもめ事として握りつぶされるようなことがあっても、自分の心が陛下に通じてほしいと思って詠んだ。

酒井弁護人　傷ついた自衛官についてどう思うか。

小賀　素直な気持ち、申し訳ない。お詫びの気持ちが第一だが、やむにやまれなかったことと分かってもらいたい。

荒木裁判官　きみは全国学協の幹部の内部抗争や路線に疑問を持って、運動から離れたということだが……。

小賀　いがみあわなければならないのが組織の宿命かと疑問を持った。あれは全学連の見通しに近づいているという感じだった。全学連には戦後の長い歴史がある。全国学協が誕生2年くらいでこうなっては、全学連と同じような道をたどるのではないかと思った。具体的には街頭で暴れたり、ストをやったり……そういうことはぼくの目指していたこととは違う。

荒木裁判官　君が目指していたのは？

小賀　生命をかけて自分が行動することです。
荒木裁判官　長いこと時間をかけて説得するやり方もあるが……。
小賀　そういう生き方もあるが、ぼくは違う。大衆運動は（個人が）数のなかに隠れるが、ぼくらは数のなかに隠れられない。
荒木裁判官　その考えのきっかけは？
小賀　全学連と新宿騒乱……。
荒木裁判官　過激な運動に対し過激な行動をもってするのはどういうことか。
小賀　質が違う。
荒木裁判官　国会を占拠し、力の威圧のもとで憲法を改正しようというのではないか。ゲバ学生も騒乱を起こして革命を成就しようとしているが……。
小賀　爆弾事件でもわかるように、彼らは自分の責任を取らない。僕らは違う。
荒木裁判官　自己犠牲の精神が違うのか。自己犠牲の精神があれば、思想信条のいかんを問わずいいのか。
小賀　つきつめればそうなるが、ぼくらは自負をもっている。
荒木裁判官　広い視野から考えたか。自衛隊の治安出動が憲法改正の好機だというのはどういう意味か。

小賀　広い視野で考えた。暴力革命が起これば、日本人は終わりだと思った。現在の自衛隊は自分自身を否定している憲法を擁護している。それを改正したのち立ち上がるのが男だ。それが男の行動だ。

荒木裁判官　通常決められた手続きを考えているのか。

小賀　そうではない。

荒木裁判官　君たちはしきりに「アメリカのサーベルのもとでつくられた憲法」というが、君たちのは「自衛隊の威圧のもとで改正する」ということになるのではないか。

小賀　それはそうです。しかし自衛隊は外国（のもの）ではない。

荒木裁判官　外国ではなくても「自衛隊の威圧のもと」という汚点が残るのではないか。君たちは反対意見をどのくらい聞くのか。反対意見を克服できない主張はナンセンスではないか。

小賀　生き方の問題です。

荒木裁判官　そう簡単に割り切れるものか。

小賀　割り切ったからやった。限界は感じている。ぼくらが目指したのは、方法論ではなく、精神の問題だ。

荒木裁判官　今回の行動で君ら4人だけが選ばれたのは。

小賀　先生の人選でぼくらがいちばん適切と思われたからと思う。

荒木裁判官　「楯の会」の憲法研究会の方向は？

小賀　憲法改正についてのたたき台として先生が論文を出して討論した。記憶ははっきりしないが、天皇については「栄誉大権を明記すべきだ」とあった。

「後悔はしていません」

ここからは、弁護人と検事が古賀、小川に質問していく。

江尻弁護人　自衛隊を国軍とするというのは？

古賀　防衛は基本的な国の問題であり、国土を保障しているのは軍事力しかない。国家、領土といったものは外国の軍事力を借りて守れるかもしれないが、その国の歴史、伝統、文化は、外国の軍事力では守ることができない。建軍の本義をふまえた国軍でなければならない自衛隊が、憲法9条を守っているうちは、これはできない。日本人の魂が失われつつあるので……。

江尻弁護人　今回の行動は自衛隊に決起を促すためだというが。

古賀　自分はあの現場で、物質的なものは何ひとつ要求していない。日本人として持つべき魂の復活を訴えたかったのだ。外国のクーデターや革命ではない。そんな権力的な私心は持っていなかった。責任は死であがなおうとした。

江尻弁護人　事件前日、両親にあてた手紙に「自分は憲法と刺し違える」と書いているが。

古賀　国家の悪を、身を挺して排除し、天皇中心の国家、天皇中心の自衛隊をつくるため生命を捨てようと思い、そのような表現を使った。

江尻弁護人　事件当日の三島氏の命令書には「楯の会の精神を正しく伝えよ」とあるが、その精神とは？

古賀　ひと言で表すならば「天皇陛下万歳」ではないかと思う。

江尻弁護人　介錯したときの気持ちは？

古賀　われわれは一心同体だから、誰が介錯してもいいと、あの当時は思っていた。森田さんは「生き残っても死んでも、あの世で魂はひとつになるんだ」と言っていた。武士の儀式である切腹を手伝い、介錯するのは武士であり、礼儀だと思った。人間が自分の考えを通すため、死に赴こうとするとき、苦しみもなく介錯するのが武士だ。

江尻弁護人　11月24日に辞世を詠んだが、生き残ることを知っていて詠んだのは……。

古賀　先生が書けとおっしゃったから。しかし、何かあれば死ぬつもりでした。先生もそう考えられたのでしょう。

江尻弁護人　けがをした自衛隊員に手紙を書いたり、お詫びをしていないのは？

古賀　総監、けがをされたかた、ご家族には終生の責任を感じている。申し訳ないと思っている。おたずねしてお詫びしたいとは思うが、判決が終わってからにしたい。なぜなら裁判中にお詫びをするということは、刑の減刑や弁解にとられることもあるだろうから。

江尻弁護人　今後どうするつもりか。

古賀　どのように生きていくか、具体的な考えは持っていないが、三島先生、森田さんの遺志を自分なりに把握して社会に立派に生きていきたい。

江尻弁護人　いま、あの行動をどう評価しているか。目的を達したと考えているか。

古賀　決して保守的なものを要求したのではなく、魂の回復を求めたものである。狂気、気違い沙汰といわれたかもしれないが、いま生きている日本人だけに呼びかけ、訴えたのではない。三島先生は「自分が考え、考え抜いていまできることはこれなんだ」と言った。最後に話し合ったとき、いまこの日本に何かが起こらなければ、日本は日本として立ち上がることができないだろう、社会に衝撃を与え、亀裂をつくり、日本人の魂を見せておかなければならない、われわれがつくる亀裂は小さいかもしれないが、やがて大きくなるだろう——と言っていた。先生は後世に託してあの行動をとった。決して犬死にではなかったと自分は思っています。

石井検事　計画を立てる際、三島が「総監は立派な人だ。目の前で死ねばわかってくれるだろう」と言ったというが……。
古賀　間違いありません。
石井検事　君たちがとった方法は間違っていると思わないか。
小賀　そうは思っていない。
小川　後悔はしていない。
古賀　自分としては極刑にされても、やむにやまれぬ気持ちでやったので、後悔はしていない。
櫛淵裁判長　君たちはしきりに武士というが、総監に不意に襲いかかったのは、武士らしい行動と思うか。
小賀　多少気持ちにわだかまりがあります。あれしか方法がなかったと、当時は思っていたが、いまは……。
古賀　うしろから首を絞めなければならなかったのは、現場の状況からしかたがなかったが、あのような行動には責任を感じています。

3人の被告が法廷で語った部分である。古賀は、三島が「後世に向けて行動を起こした」と語ったが、折しも没後50年後の2020年、憲法改正を目指した安倍政権は、その目的を果たさぬまま終焉した。

一切の迷いなく計画を実行した被告たちにどのような「判決」が下されたのか。次に紹介する。

「思索より行動」を究極の形で貫いた

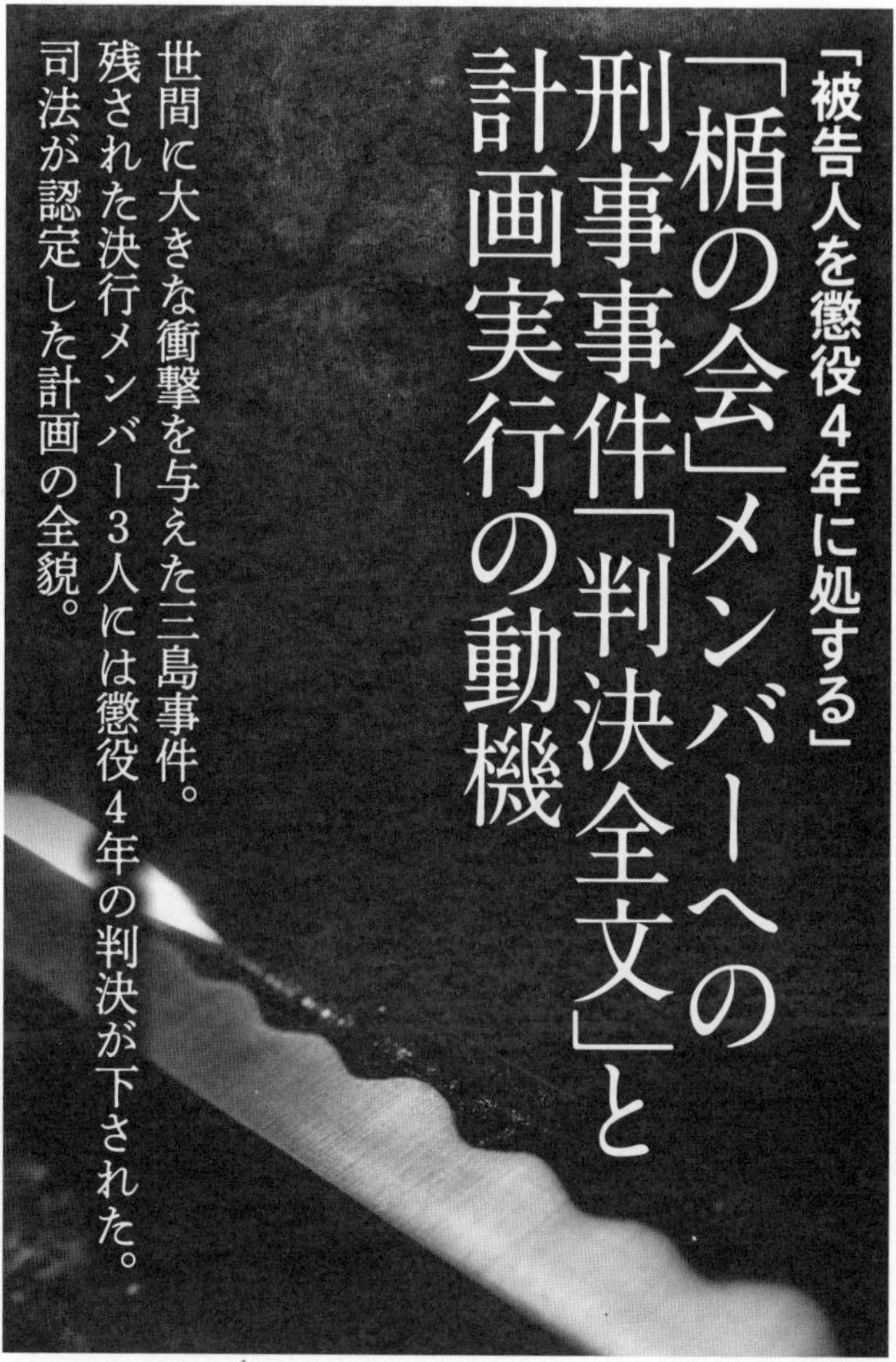

「被告人を懲役4年に処する」

「楯の会」メンバーへの刑事事件「判決全文」と計画実行の動機

世間に大きな衝撃を与えた三島事件。
残された決行メンバー3人には懲役4年の判決が下された。
司法が認定した計画の全貌。

事件に関与した5人の来歴

１９７２年４月27日。三島事件の被告３名に対し、それぞれ懲役４年という一審判決が下され、そのまま確定している。次は判決の全文である。

【東京地方裁判所 昭和45年（刑わ）７６４８号 判決】

主文

被告人小賀正義、同小川正洋、同古賀浩靖をそれぞれ懲役４年に処する。

被告人３名に対し、各未決勾留日数中各１８０日を、それぞれその刑に算入する。

訴訟費用は、被告人３名の連帯負担とする。

理由

第一　事実

一、被告人らの経歴

被告人小賀は、昭和42年３月和歌山県立桐陰高等学校卒業後、同年４月私立神奈川大学工学部工業経営学科に入学し、本件当時同大学４年生であった。

母が宗教団体生長の家の信者であった関係で幼時から同宗教の影響を受け、中学、高校、大学を通して同団体の行なう練成会に参加していた。大学入学後、被告人古賀らの創始した学内のクラブ組織日本文化研究会に属し、同被告人と親しく交わり、同43年学園紛争の激化に伴い反左翼的学生運動に関心を寄せ、同年秋ごろからこういった傾向の学生運動を目ざす関東学生自治体連絡協議会

（以下、「関東学協」。後に全国学生自治体連絡協議会が設立されてその一地方ブロックとなる。）に加入し、一時役員を勤めたこともあったが、運動路線に疑問を感じたりしたため、翌年夏ころには遠ざかっている。

楯の会へは、同43年7月ころ友人の紹介で三島由起夫こと平岡公威（以下単に「三島」）と知り合い、その後自衛隊体験入隊を経て入会（2期生）したものである。

被告人小川は、同42年3月千葉県立船橋高等学校卒業後、同年4月私立明治学院大学法学部に入学し、本件当時同大学4年生であった。

大学入学後いわゆる第1次羽田斗争を知ったことを契機に、左翼に対抗する学生組織の必要性を痛感し、同43年春日本学生同盟（以下「日学同」）に加入し、ここにおいて同団体員で私立早稲田大学学生の森田必勝（以下「森田」）と知り合い親交を結ぶようになり、同年6月ころ日学同の系列組織として全日本学生国防会議が発足した際は、右森田の議長に対し同被告人が副議長を勤めたりしたが、同年11月ころそろって右両組織を脱退した。楯の会へは、右日学同等の脱退後も同志的結合を保っていた森田から勧められ、同44年3月自衛隊体験入隊を経て入会（3期生）したものである。

被告人古賀は、同41年3月北海道立札幌西高等学校卒業後、同年4月私立神奈川大学法学部に入学し、同45年3月同大学を卒業し、本件当時司法試験に備え受験勉強中であった。

父が宗教団体生長の家の熱心な信者であった影響で高校時代から同団体の行なう練成会に参加し、同団体の地区高校生組織の役員を勤めた経験をもつ。大学在学中は、同42年5月友人らとともに、日本伝統文化について輪読討論をすることを目的とした学内クラブである日本文化研究会を組織し、また学内自治会の左傾化に対抗しようとして学生運動に参加し、関東学協の結成に参加して一時役員を勤めた。

楯の会へは、同43年8月自衛隊体験入隊を経て入会（2期生）したものである。

なお三島（本件当時45才）は、学習院高等科を経て同19年10月旧制東京帝国大学法学部に入学し、同22年3月同大学卒業後、一時大蔵省に勤務したが間もなく退職し、爾来文筆生活に入り、小説、戯曲、評論を発表するとともに劇演出、映画等の分野においても活躍していたところ、同43年3月ころ学生中心の民間防衛組織「楯の会」（正式名称は同年9月に付せられた。）を創設し、隊長となったものである。

また森田（本件当時25才）は、三重県四日市市所在私立海星高等学校を経て早稲田大学教育学部に入学し、日学同に加わり活動し、同43年6月全日本学生国防会議発足の折は議長を勤め、後同年11月被告人小川らとともに右両組織から脱退した。楯の会には、結成初期のころから参加し、同44年10月ころからは同会学生長として隊長の三島を補佐していたものである。

「テロは死の美学」

二、本件の思想的背景及び企図

三島は、かねてより天皇をもって日本の歴史、文化、伝統の中心であり、民族の連続性、統一性の象徴であるとし、かくの如き天皇を元首とする体制こそが政治あるいは政体の変化を超越する日本の国体と呼ばれるべきもので、この国体こそが真の日本国家存立の基礎であって、これは、現在は勿論将来に亘っても絶対に守護されるべきであること、また軍隊は、現状に照せば国を守るためには必須不可欠の存在であり、その建軍の本義は、真に日本を日本たらしめている右国体を護持するところにあるという観念を抱き、従って憲法上も天皇の地位を元首とするとともに、軍についても明確に規定すべきであると主張していた。

即ち日本国憲法（いわゆる新憲法。以下単に「憲法」）は、天皇の存在を規定しながら元首とせず、現在存在する自衛隊が物理的には軍隊としての実質を備えているので常識的な憲法解釈としては違憲であるのにそのまま放置されている、しかも憲法そのものが敗戦後、連合国就中米国の占領下において真に自由な論議に基づかず、押しつけ的に成立した屈辱的存在であるから、かような敗戦の汚辱を残したうえ、明白に違憲の存在である自衛隊を姑息な法解釈によって合憲とごまかしておくことは、延いては日本の魂の腐敗、道義の頽廃を招く基になると主張した。
かような思想信念の形成された時期や過程については証拠上必ずしもつまびらかではないが、三島は、元来日本の古典文化、伝統文化に深く傾倒していたものであるが、昭和35年（１９６０年）のいわゆる安保斗争を目の前にして、これを共産主義を初め左翼勢力が青年達を支配している状況として把握し、これを憂え、このまま放置する時は日本が危殆に瀕すると考えたことによるものと推測される。

この時期を転機に三島は、日本古来の精神文化の一層の吸収に努め、日本固有の伝統や文化を強調した独官の天皇論、国体論を理論づけていったのである。ただ、ここにおける天皇は、文化概念としての天皇であるとし、その非政治的な性格を強調するという独特なもので、軍隊との関係も、天皇はこれに軍旗を授与し、栄誉を与える権能を有するに止まり、統帥権を有することはないとし、憲法改正においても右に止まり、言論の自由、議会制民主主義の擁護を説く極く穏健なものであった。

三島は、特に武士道、国学の精神などに関心を払い、また大塩平八郎の乱、神風連の乱、二・二六事件、神兵隊事件等の研究を通して、そこに見られる思想哲学に興味を示し、文学等の作品として表わすと同時に、知と行とは本来一つのもので別けることができないものであり、人に一念の動いたときは即ちそれは行なったことであるから不善の念慮の動いたときはその一念の不善が胸中に潜伏して残ることのないようにしなければならないという知行合一説を、認識したことは実行すべきことをいうと解し、自己犠牲を前提にすれば暴力行為も肯定されるべきである（テロは死の美学）、死をかけた一回限りの生命の燃焼こそが人間を意味あらしめるといった思想、心情をも抱くようになり、また切腹こそ日本伝統の文化を表現する引責方法であると考えるに至った。

三島は、前記の如き日本の国体と共産主義とは決して相容れないものと考えていたが、内外の状況からして日本に対する共産陣営からの間接侵略が予想され極めて危険な状態にあるのに、政治家達は党利党略を優先し、私利私欲に走り、こういった点に関心を払っておらないものとして、政治家頼むべからずとし、同42年ころ自らこれに対処すべく、民間防衛組織を作ろうと決意するに至った。そして自ら自衛隊に体験入隊するとともに、全く独力で同43年4月楯の会を結成した。

楯の会は、学生を中心とする組織で、一朝事ある時に必要な民間防衛組織の幹部を養成することを目的とし、軍人精神の涵養、軍事知識の練磨、軍事知識の体得をはかるものであって、入会資格は、思想的には天皇の存在を是認すれば足り、かつ、自衛隊体験入隊を落伍せずに経ることのみであった。

そして当面目標とされたことは、昭和45年（1970年）の日米安全保障条約改定期に左翼による暴動が起り、その際警察の力のみでは鎮圧が不可能になるであろうとし、その際自衛隊が治安出動する必要があるが、自衛隊については種々の論議が行なわれている折から、その決定に手間どることが予想されるので、その間の時間的空白を埋めるべく行動するものとされていた。

ただ三島としては、憲法改正が容易に行なわれないことにいらだちを覚えていたため、一時は、自衛隊が治安出動した際は、必然的に自衛隊の存在意義が明瞭になるうえ、この影響力のもとで憲法改正が行なわれる可能性があるものとして期待し、楯の会としてもこれに協力しうるとの想像を抱いたこともあった。

しかしながら、同44年10月21日の国際反戦デーにおいて、新左翼集団による暴力的行動が続発したにも拘らず、自衛隊が治安出動するまでに至らず、その後の治安状態に照しても治安出動は予想されない事態となった。

そこで三島としては、憲法が正規の手続をもって改正される見通しがなく、また僅かに期待した自衛隊治安出動の際の憲法改正についてもその機会なく過ぎたため、憲法改正の機会は永遠に去ったものと判断し、深く失望落胆した。同人は、潔癖、誠実、あくまで筋を通さなければ承知できないというその性格もあって、道義頽廃の元兇と断じていた憲法をそのまま存在させておくことに堪えられず、同様に憲法改正を熱望していた森田からの、楯の会独自で国会を占拠し憲法改正を発議せしめようとの提案が契機となったものの如く、本件を計画決意するに至ったものである。

被告人小賀及び同古賀は、ともに日本の中心は天皇であると説く生長の家の信者であったため、天皇崇拝の思想を抱き、しかも憲法について、それが我国の敗戦の結果強大な軍事力を背景にした連合国とりわけ米国の占領政策の一環として、大日本帝国憲法（以下「旧憲法」）を改正して成立したもので、単なる占領基本法に過ぎず、非民主的方法によって成立させられたものであるから、日本国との平和条約発効により無効を宣せられるべきである（明治憲法復元論）という同教団の説く主張に感化され共鳴していたところ、大学における学生運動に参加して言論等による大衆説得の限界を感じていたため、楯の会を通じて接触を得た三島の命をかけた行動こそ何万語の言葉にも勝るという思想、心情に共鳴し、また被告人小川は、そもそも楯の会入会の動機が大衆運動に対する幻滅が原因となっていたため、同様楯の会という場で三島と接し、その思想、心情に共鳴し、森田との同志的結合もあり、それぞれ本件計画に参加したものである。

そして被告人らは、後述のとおり多少の経緯はあったが、最終的には自衛隊東部方面総監を拘束して自衛隊員の集合を強要し、檄文及び演説をもって自衛隊が憲法改正に起つことを訴え、事の成否に拘らず、三島及び森田において古来からの武人の作法をもって引責自決し、そのことをもって自衛隊が改憲へ精神的に奮起することを期待して本件行為を決意したものである。

「介錯」をめぐる協議内容

三、犯行に至る経過

自衛隊の治安出動の機会は憲法改正の行なわれる好機であるという淡い期待の裏切られた三島は、楯の会学生長森田とともに自身の行動によって憲法改正への途を開くための方策を模索し始め、その協力者として昭和45年4月初旬ころ被告人小賀を、次いで同月10日ころ被告人小川を誘い、両名とも最後まで行動をともにする決意のもとに同士となることを応諾した。

そして自衛隊員の有志と楯の会会員とがともに武装蜂起して国会を占拠し、両議院議員に対し憲法改正を訴え、その発議をさせるという計画を前提に、同年5月中旬から同年7月上旬ころにかけて三島宅及び都内各所のホテル等において、自衛隊員の蜂起をうながす具体的手段について種々謀議を重ね、自衛隊員有志が自ら決起することは到底期待しえないので、これを促す強行策として自衛隊の弾薬庫を占拠して武器を確保し、同時に東部方面総監を拘束人質にし脅迫して自衛隊員を集合させ、三島らが主張を訴えという案を初め、2、3の案を検討した末、諸々の条件を勘案した結果、被告人らの手で自衛隊幹部を拘束し人質にして自衛隊員を集合させるという案に縮小され、最終的には、拘束し人質にする対象も総監ではなく第32連隊長とすることに落ち着き、いよいよその実行準備にとりかかることになった。そして、右三島ら4名だけでは人数が少なすぎるため、同年9月1日被告人古賀を誘い、同人もこれに加わることを承知した。

このころ既に三島としては、自衛隊員らに対し決起をうながしたとしてもこの中から行動をともにする者が出る可能性のないことを予感し、事の成否は二の次とし、一旦行動に出たからには責任を負って自決しなければならないとの心境を固めており、被告人らに対してもこの決意を披瀝し、被告人らも同様の決意を抱くとともに、以降互に会う機会を多く持って同士としての結束を固めた。

以後、いよいよ決行の日を同年11月25日と定め、都内各所で会っては計画を練ったが、このころには、三島としては、責任をとって自決するのは自分と森田のみとする旨の意向を示し、被告人ら3名も一応これを承諾した。

その後は、同年11月10日森田及び被告人らで現場となる自衛隊市ケ谷駐屯地に口実を設けて訪れ、下見を行ない、また同月14、19日の両日には都内のサウナ浴場において決起の際訴える檄文や要求書を練り、あるいは連隊長拘束後自衛隊員を集合させるに要する時間、三島の演説、他の4名の名乗りその他天皇陛下万歳三唱までといった行動の順序、時間の配分など細微に亘る打合せ等を行なった。

ところが決起予定日間近の同月21日になって、決起当日は拘束しようと狙っていた当の第32連隊長が不在であることが判明し、急遽協議したが、計画も既にここまで進行し、互の気持も盛り上っている折から、決起予定日を変更することは不可と判断されたため、むしろ拘束の相手を変更することとなり、当初計画中にあった東部方面総監に対し三島において電話すると、同日面会の約束を取り結ぶことに成功し、その結果同総監を拘束することで計画を進行させた。

同月23、24日の両日は、被告人ら5名とも都内ホテル一室に集まり、同室を総監室に見たてて総監拘束後総監室の各出入口にバリケードを構築して監禁すること、そのうえで要求書を渡して自衛官を本館前に集合させることを要求すること、集合した自衛官らに向って三島が演説を行ない、その後ほか4名が名乗りを上げること、それが終った後で、三島、森田が割腹し、被告人らが介錯を行なうといった行動予定を入念に何回も繰り返し演習し、さらに白布地に要求項目を書くなどし、各自辞世の句をしたため物心両面から当日の用意を整えた。

ところで三島、森田の自決の際の介錯の実行については、さきに三島が森田に対し自らの切腹の折介錯を勤めるように依頼していたが、本件数日前ないし前日にかけて森田は、これを被告人小賀に万一の場合の代行を依頼し、同人も了承し、また森田に対する介錯については森田みずからこれを被告人小川に依頼し、これを依頼された同被告人は被告人小賀、同古賀に対しもしもの時の代行をさらに依頼しているが、いずれにせよ本件について謀議を重ねるうちに、被告人らの間には一体感が次第に高まって来て、生き残る被告人らの間では、三島、森田を問わず、その介錯実行予定者が実行できないときは、残りの誰かが行なおうとする意思を相通ずるようになっていた。

而して三島は、本件当日の昭和45年11月25日かねて予定していたとおり本件決起行動の逐一を報道させるために、旧知の報道記者2名に対し連絡のつくよう手配をすませ、迎えに来た被告人らとともに三島方を出発したが、その際、森田を除く被告人3名に対し、命令書と題する書面を手渡し、あらためて、被告人ら3名は生き残って皇国日本の再建に邁進せよと命令し、生き残ることを再度慫慂し、当時自決意思を完全には放棄していなかった被告人らも、これによって自決の意思を放棄した。

かくして被告人ら5名は、面会約束時間の午前11時ころ市ケ谷駐屯地東部方面総監部2階総監室に赴いた。

頚部切断による「嘱託殺人」

四、罪となるべき事実

被告人ら3名は、

（一）

三島及び森田と共謀のうえ、昭和45年11月25日東京都新宿区市谷本村町一番地所在陸上自衛隊市ケ谷駐屯地において、陸上自衛隊東部方面総監を監禁し脅

迫のうえ同駐屯地内の自衛官を集合させて演説などを行なおうと企て、

1　同日午前11時過ぎころ前記市ケ谷駐屯地内東部方面総監室において、三島、森田及び被告人らと面談中の同方面総監陸将益田兼利（当時57才）の隙を窺い、被告人小賀においていきなり同総監の背後から腕で同人の首を締めつけ、手拭（昭和46年押第六〇九号の30又は31）で口を押塞ぎ、被告人小川、同古賀において交々ロープ（同号の13、14）で同総監の両手を肩まで挙げて各手首を縛ったうえ椅子にくくりつけ、さらに両足を縛り、被告人小賀において手拭（同号の30又は31）を用いて猿ぐつわをし、森田及び被告人小賀において短刀（鎧通し）（同号の11の1）を突きつけ、さらに三島、森田及び被告人3名において同室内の机、椅子、植木鉢等を室内各出入口に積み重ねるなどしてこれを封鎖し、同日午後0時20分ころまでの間、同総監をして同室から脱出を不能ならしめ、もって同所に不法に監禁し、その際右暴行により同総監に対し約1週間の加療を要する両手関節部・両足関節部・両側膝関節部・内出血、右手背部・右足背部挫創の傷害を負わせ、

2　同日午前11時20分ころ前記総監室内において、右監禁された総監を救助すべく、同室両隣りの幕僚長室側並びに幕僚副長室側各出入口から相次いで総監室に入ろうとしたいずれも自衛官の一等陸佐原勇（当時50才）、二等陸佐川辺晴夫（当時47才）、同中村董正（当時45才）、二等陸曹笠間寿一（当時34才）、同磯辺順蔵（当時33才）並びに陸将補山崎皎（当時53才）、一等陸佐吉松秀信（当時49才）、同清野不二雄（当時50才）、二等陸佐高橋清（当時44才）、三等陸佐寺尾克美（当時41才）、一等陸尉水田栄二郎（当時41才）、三等陸曹菊池義文（当時31才）に対し、三島、森田及び被告人小川、同古賀は共同のうえ、三島において「出ないと総監を殺すぞ。」と怒鳴りながら日本刀（同号の8の1）を振りかぶるなどして生命身体に対し危害を加えかねないような気勢を示して脅迫し、あるいは同刀を振り廻わし、さらに同人において同刀で、森田において短刀（同号の7の1）でそれぞれ斬りつけ、被告人小川においては湯呑茶碗、灰皿を投げつけ、あるいは特殊警棒（同号の43）を振り廻わし、被告人古賀においてい小机を放り投げ、足蹴りする等それぞれ暴行を加え、もって共同して暴

行脅迫をなし、その際右暴行により別紙一覧表記載の清野ほか6名に対し同表記載のとおり各傷害を負わせ、

3　同日午前11時30分ころ前記総監室において、右益田総監及び東部方面総監部幕僚副長吉松秀信をして、市ケ谷駐屯地の自衛官全員の集合を命令させるため、前記原勇を通じて吉松副長に対し「全市ケ谷駐屯地の自衛官を本館前に集合させ三島の演説を静聴させること、もしこの要求に応じないときは、三島は直ちに総監を殺害して自決する。」旨記載した要求書（同号の5の2）を交付し、さらに再三その口頭で申し向け、さらに被告人小賀に短刀（鎧通し）（同号の11の1）を突きつけられている総監に対し森田において前同旨の要求書を読み上げるなどし、もって要求に応じさせようとして脅迫し、

（二）

1　森田と共謀のうえ、同日午後0時10分ころ前記総監室において、三島が自決するため前記短刀（鎧通し）をもって割腹した際、同人の嘱託を受けて、森

田において日本刀（同号の8の1）でその首を切り落して介錯し、即時同所において三島を頸部切断により死亡させて殺害し、

2　共謀のうえ、そのころ同所において、三島に次いで森田が自決するため右短刀（鎧通し）をもって割腹した際、同人の嘱託を受けて、被告人古賀において右日本刀でその首を切り落して介錯し、即時同所において森田を頸部切断により死亡させて殺害したものである。

第二　証拠の標目〈略〉

国家のための「緊急救助行為」

第三　弁護人の主張に対する判断

弁護人は、被告人らは日本においてはその古来から培って来た歴史、文化伝

統が戦後の経済成長のかげで蝕まれ、道義は頽廃し、国家にとって最も重要なその精神面が破滅の危機に瀕しているのを見て、その状況を救うために本件行動に出ているのであって、本件所為は、国を救わんとして止むをえずなされた国家のための緊急救助行為であって違法性が阻却されるべきであると主張する。

よって案ずるに、弁護人の主張する国家のための緊急救助行為とは如何なるものを指すか明確ではないが、一般に国家又は公共の法益のための正当防衛ないし緊急避難といった緊急救助行為が許されるかについては論議の存するところであり、仮にこれを是認する立場に立っても、もともと国家的、公共的法益を保全防衛することは国家又は公共団体の公共機関としての本来の任務に属する事柄であって、これを安易に私人又は私的団体の自由な行動に委ねることは、却って秩序を乱し法を軟化させる虞があるのであるから、かかる公益のための緊急救助行為は、国家公共機関の有効な公的活動を期待しえない極めて緊迫した場合においてのみ例外的に許容されるべきものと解するのを相当とするところ、弁護人の主張においていかなる国家的法益が危殆に瀕しているとしているのか明かでないのみならず、本件全証拠に徴するも、被告人らが本件各行為に出た際に、国家公共機関の有効な公的活動を期待しえないだけの緊急な事態が存在していたとは到底認められないので、弁護人の右主張は採用することができない。

量刑の法的根拠

第四　法令の適用

被告人小賀、同小川及び同古賀の判示第一の四の（一）1の各所為は、各刑法第六〇条、第二二一条に該当するので、刑法施行法第三条第三項、刑法第一〇条により同法第二二〇条第一項所定の刑と同法第二〇四条所定の懲役刑とを比較し、重い傷害罪所定の懲役刑（ただし、短期は監禁罪の刑のそれによる。）に従って処断することとし、同（判示第一の四を指す、以下同じ。）（一）2の所為中原勇、磯辺順蔵、水田栄二郎、菊池義文、吉松秀信に対し数人共同して暴行、脅迫を加えた点は右各者毎に包括して各暴力行為等処罰ニ関スル法律第一条（刑法第二〇八条、第二二二条第一項）、罰金等臨時措置法第三条第一項第二号（被告人小賀についてはさらに刑法第六〇条をも適用）に、同（一）2の所為中清野不二雄、川辺晴夫、中村董正、高橋清、寺尾克美、笠間寿一、山崎皎に対する各傷害については、右各者毎に各刑法第六〇条、第二〇四条、罰金等臨時措置法第三条第一項第一号に、同（一）3の各所為は各包括して刑法第六〇条、第九五条第二項に、同（二）の1及び2の各所為はいずれも同法第六〇条、第二〇二条にそれぞれ該当するところ、右（一）2の各罪並びに同（一）3及び同（二）1、2の各罪につきいずれも所定刑中各懲役刑を選択し、被告人3名の以上の各罪は各同法第四五条前段の併合罪なので、各同法第四七条本文、第一〇条により各最も重い右（一）1の監禁致傷の罪の刑に法定の加重をし（ただし、短期は同（二）1の嘱託殺の罪の刑による）、その各刑期の範囲内で被告人3名をいずれも懲役4年に処し、同法第二一条を適用して未決勾留日数中各180日をそれぞれその刑に算入することとし、訴訟費用については、各刑事訴訟法第一八一条第一項本文、第一八二条により被告人3名に連帯して負担させることとする。

「学なき武は匹夫の勇」

第五　量刑事情

被告人らは、天皇が政治あるいは政体の変化を超越する日本の歴史、文化、伝統の中心であり、天皇を元首とする体制が国体であり、かつての我国の軍隊は、国体を護持するのを建軍の本義としていたところ、敗戦により強大な軍事力を背景にした連合国就中米国の我国に対する報復、制裁として旧憲法に違背してこれが改正を強制された結果消滅したが、そもそも憲法は、占領基本法に過ぎず、非民主的な方法により制定されたのであるから、日本国との平和条約発効により無効を宣言し、又は我国の真姿を表わしたものに改正すべきであるのに、漫然として今日に至ったのは日本人として恥辱そのものであり、憲法下にやがて発足した自衛隊は、制度上も精神上も真の国軍たりえず、辛うじて現在の政府を守る機能を有するに止まり、一方政府与党は、その勢力保持、保身に汲々とするあまり、自衛隊が戦力に成長し憲法に違反することが明らかであるのに、詭弁を弄し恬然として欺瞞と偽善を続け、高度経済成長政策に意を注ぎ、我国民の精神陶冶をないがしろにしたため、民主主義の美名の下物質万能と個人の享楽優先の風潮が広くはびこり、国民の精神生活への侵蝕が続けられ、日本人の魂が失われようとしているとの見解に立ち、国体を護持するとともに、自衛隊を前記建軍の本義に基づく真の国軍たらしめるべく、事の成否を度外視し、同隊が改憲へ精神的に奮起することを期待して、これに武士道精神を訴え、延いては国民をして大和魂を自覚せしめ、もって国体護持の礎石たるべく本件を決行したものであるが、およそ政治の匡正が公論によって決せられるべきことは、民主主義社会の例外を許さない原理であって、暴力を手段としてこれを行なうことはもとより、暴力によりその緒を作出することもまた許されないところである。

被告人らのうち小賀及び古賀は、憲法を目して旧憲法違背のものと強調しているが、憲法の下に立つ裁判所としてこの点は評する限りではなく、憲法を屈辱的なものと考えて改正したいと願うならば、選挙によりこれに賛する多数の両議院議員を選出のうえ、国会の発議により国民の審判にまつべきであって、その転機を醸成するのはあくまで言論によってなされるべきことはいうまでもなく、主権が国民に存する民主主義の根本理念からすれば、個々の国民は、互に個人の尊厳に十分な配慮を加えながら、それぞれの場で全力を尽して説得等を試みるべきであり、その志が遂げられない場合でも、その結果は従容として受け入れるべきである。

然るに被告人らは、最高学府を卒業し、又は将に終えようとしていた者であるのに、現代風潮の欠陥を摘出し、これを拡大して痛憤し、思想を同じくする集団にのみ自ら閉じ込もり徒らに危機感を高め、言論による国民の覚醒に方策を尽さないまま、血気に逸って本件に出たもので、その態様も周到な計画に基づき演習を重ねたうえ、表面平静を装って判示総監に会い、一転して判示兇器を振うなどして、何ら落度のない素手、無抵抗の総監に襲いかかり、救出に赴いた自衛官にも判示各傷害を与えたものであること、三島において集合した自衛官に対し機を伝えた後、覚悟のとおり切腹自決しようとした際、被告人らとしては遅くともこの時諫止すべきであったのに、あえて介錯の挙に出で、偉才の処士を鬼籍に入らせ、森田がこの後を追って切腹するや、その傷として十分生命を保ちうるのに、あえて黄泉の客としたものであって、被告人らは武士道を標榜しているが、右の如き行為が真の武士道を理解しているといえるものか疑わしいばかりでなく、法の支配に積極的に挑戦し、しかも人間らしい気持の片鱗もうかがえない行為であると評せざるをえないこと、三島を卓絶した師と観じてこれを崇敬する余り厳正な批判を惜しんだ節が窺われるうえ、被告人らの加功がないときは本件の遂行は全くおぼつかなかったと思われるのみならず、近時兇器を所持した集団犯罪頻発の顕著な趨勢に思いを到すとき本件事犯の影響は憂慮に堪えないものがあるのであって、以上の諸点に即すれば、被告人3名の各刑責は、介錯を実行したと否とに拘らず、同様に重いものと断ぜざるをえない。

しかし翻って考察するに、憲法は、その第九条において戦争放棄等をうたっているが、自衛権は、実定法の規定をまつまでもなく、我国が主権国として持つ天地自然の、即ち固有の権能であって、憲法の平和主義は、決して無防備、無抵抗を定めたものではないところ、この自衛権の裏付けとして必要最小限度の戦力すら保有しえないものかにつき、旧憲法改正原案作成までの経緯、帝国議会における同案第九条の修正の事情、憲法第九条等の文辞、国際情勢、科学技術の進歩等からして法解釈上深刻な対立があり、さらに自衛のための戦力を保持しうるとの見解に立っても、その限界がいかなるものか不明確であって、現に存在する自衛隊が合憲か否かにつき、一切の戦力を保持しえないとする立場からは勿論、前記最小限度の自衛力保持を認める立場からも疑念の持たれていることは否定しようもない事実である。

ところで公判廷に顕出された全証拠によっても、自衛隊が違憲か否かは未だ疑いの域を出ず、違憲と断ずるには足りないが、元来国家の基本構造に関する憲法の規定は、その解釈に疑いのないように定められることが理想であり、ことに自衛権、統帥権（陸海空軍という特定の国民を統督し、直接その自由を拘束し、かつ、その生命をも要求する権能）と国民の生命権との調和に関するような枢要な部分について、内外の多端な状勢に鑑み総意をまとめることは非常な困難を伴うことは充分理解しうるところではあるが、さればこそ政治をあずかる国政要路にある者達は、ただいたずらに国論を二分するにまかせ、あるいはなしくずし的に曖昧な法の運用をもって既成事実を積み重ね、あるいは固定理念にのみとらわれていてはならない筈のものである。

にも拘らず、大多数の国民をして明朗闊達な言論を通じて国政を匡正するという言論の実効性に対する感度を助長させず、ために屡々一部国民が直接行動に出て実定法秩序を無視するという事態を惹起するに至らせている疑いを否めない現実があり、被告人らが自衛隊を国民道義頽廃の元兇と極言する心情は、無下に排斥できないように思われる。

而して本件にあっては、三島、森田及び被告人3名が自衛隊と結託して政治的野望を遂げようとしたとか、武力革命を自衛隊に対し唆かしたとかいう点は窺えず、同人らはひたすら自衛力の保持こそ我国を保全する所以であり、自国の安全を他国の友情や犠牲にゆだねることは独立国家の否定を意味するとし、自衛隊を憲法上の国軍と明定すべきであると信じ、このことを死を決して国民に訴えんとしたものであって、日本を眷恋する誠直の衷情は否定しえず、その動機に私利私欲なく、粋然たるものがあるうえ、当初から自衛官殺傷の犯意はなく、本件全証拠によっても本件の目的、行動をとってもって軍国主義思想の発現ないし推進と断ずることはできないものである。

さらに本件は、一触多殺の兇器を使用した事犯と異り、せいぜい日本刀、短刀といった武器だけを携行して、近代兵器の備えある自衛隊に乗り込んだものであること、自衛隊側においても被告人らに対する姿勢、応接並びに事件に対する適切な処置に欠けるところがあり、ために徒らに事態を大ならしめたこと、本件の主謀者はあくまで三島であって、被告人らは、追随的な役割を担ったにすぎないものであること、被告人3名においてみずから刃物で自衛官に斬り付けた証拠のないこと、三島、森田は堅く死を決し、その切腹着手後は、ひたすら介錯を受けることを望んでいたと認められること、傷害を受けた自衛官らは幸いにしてその生命に別条なきを得たこと、事後被告人ら並びに三島及び森田の親族らにおいて財産的損害につき弁償の方途を講じたこと、被告人らは当公判廷において礼節を旨とし、斉整と審理を受け、甘んじて法律の処断を受けんとする廉潔な態度に終始していること、本件以外に格別の非違がないこと、その他同人らの性格、平素の行状並びに経歴及びその家庭事情は、被告人らにとって有利な情状として能う限りこれを斟酌すべきものである。

当裁判所は、叙上認定の諸事情のみならず、公判審理を通じて被告人らに親しく接し、その人間性に触れ、その処遇につき慎重に審議し、万般の考慮を重ねたが、前記のとおり酌むべき点は多々あるにもせよ、前述犯行の手段、態様、結果等のほか、とりわけ本件が民主主義社会の存立命題に抵触する重大事案であることに鑑み、判示処断を選ばざるをえないのである。

被告人らは、宜しく「学なき武は匹夫の勇、真の武を知らざる文は譫言に幾く、仁人なければ忍びざる所無きに至る」べきことを銘記し、事理を局視せず、眼を人類全体にも拡げ、その平和と安全の実現に努力を傾注することを期待する。

よって主文のとおり判決する。

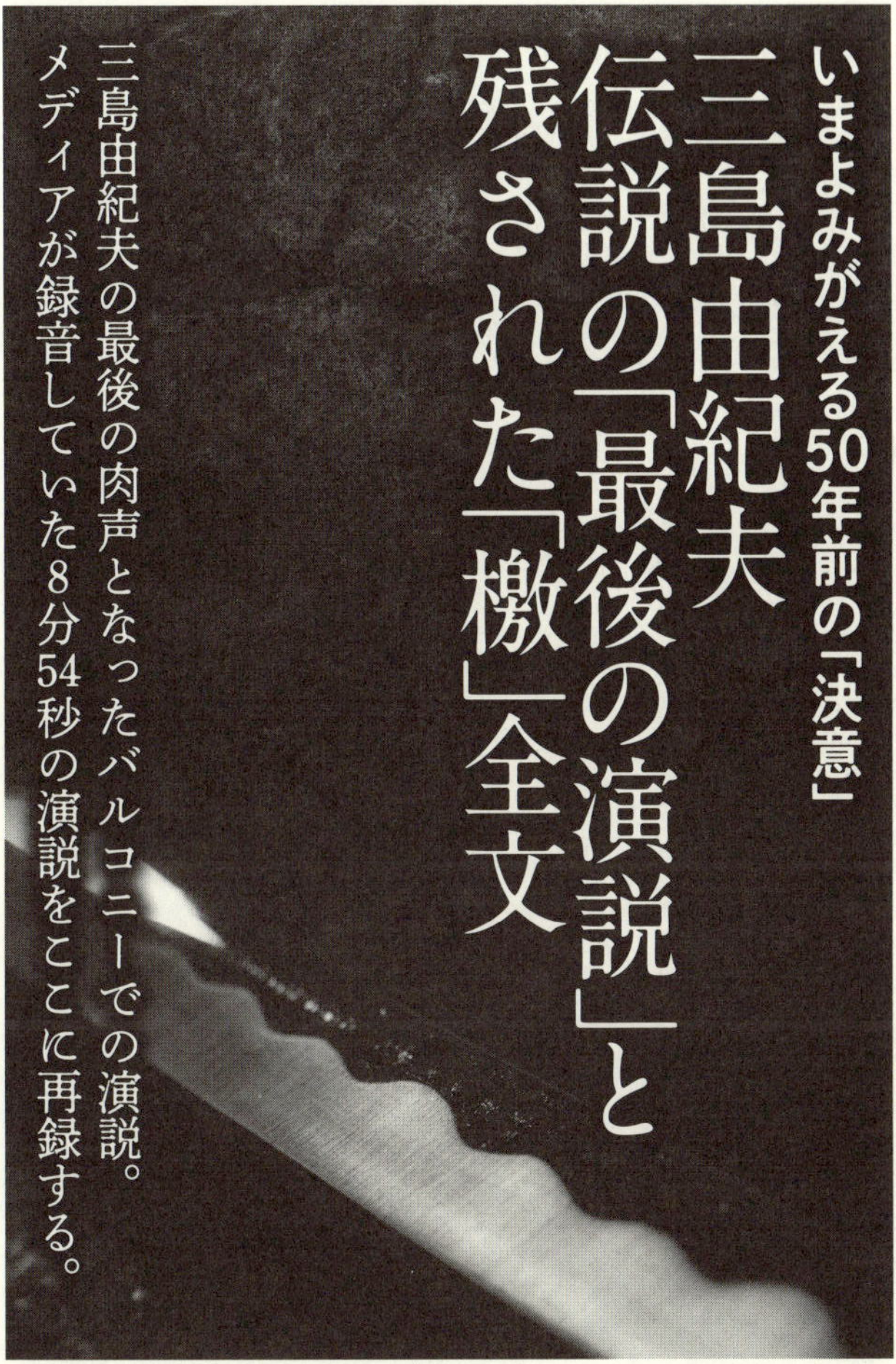

いまよみがえる50年前の「決意」

三島由紀夫
伝説の「最後の演説」と
残された「檄」全文

三島由紀夫の最後の肉声となったバルコニーでの演説。
メディアが録音していた8分54秒の演説をここに再録する。

全演説を録音していた文化放送

1970年11月25日12時過ぎ、三島由紀夫は自衛隊市ヶ谷駐屯地の本館バルコニーで、集まった自衛官を前に9分ほどの「演説」を行った。それが、記録に残る三島の「最後の肉声」となった。

この演説のすべての録音に成功したのは、文化放送の新人記者だった三木明博氏（のちに同社代表取締役）だった。当時、文化放送の社屋は市ヶ谷に至近の四谷にあり、いち早く現場に駆け付けた三木氏は木の枝にマイクをくくりつけ、録音に成功したという逸話が残っている。

演説の部分的映像は現在「ユーチューブ」などの動画投稿サイトでも確認することができる。もっとも、野次や上空を飛ぶヘリコプターの雑音などもあり、一部明瞭に聞き取れない部分も多い。ここでは、できるだけ忠実に三島の最後の演説を収録するとともに、バルコニーから撒かれた最後の声明文「檄」を合わせて掲載する。

「檄」については、一部の旧字体を読みやすさの観点から常用漢字へと修正し、改行を加えたことをお断りしておきたい。

【三島由紀夫「最後の演説」1970年11月25日　自衛隊市ヶ谷駐屯地】

私は、自衛隊に、このような状況で話すのは恥ずかしい。

しかしながら私は、自衛隊というものに、この自衛隊を頼もしく思ったからこういうことを考えたんだ。そもそも日本は、経済的繁栄にうつつを抜かして、ついには精神的にカラッポに陥って、政治はただ謀略、自己保身だけ……。作り上げられた体制は何者に歪められたんだ！

これは日本でだ。ただ一つ、日本の魂を持っているのは、自衛隊であるべきだ。われわれは、自衛隊に対して、日本人の根底にあるという気持ちを持って戦ったんだ。しかるにだ、我々は自衛隊というものに心から……。

静聴しろ、静聴。静聴せい。静聴せい！

自衛隊が日本の国軍……たる裏に、日本の大本を正していいことはないぞ。ということをわれわれが感じたからだ。それは日本の根本が歪んでいるんだ。それを気がつかないんだ。日本の根源の歪みに気がつかない、それでだ、その日本の歪みを正すのが自衛隊、それがいかなる手段においてだ。

静聴せい。静聴せい！

そのために、われわれは自衛隊の教えを乞うたんだ。

静聴せいと言ったら分からんのか。静聴せい！

しかるにだ、去年の10月の21日だ。何が起こったか。去年の10月21日に何が起こったか。去年の10月21日にはだ、新宿で、反戦デーのデモが行われて、こ

三島由紀夫伝説の「最後の演説」と
残された「檄」全文

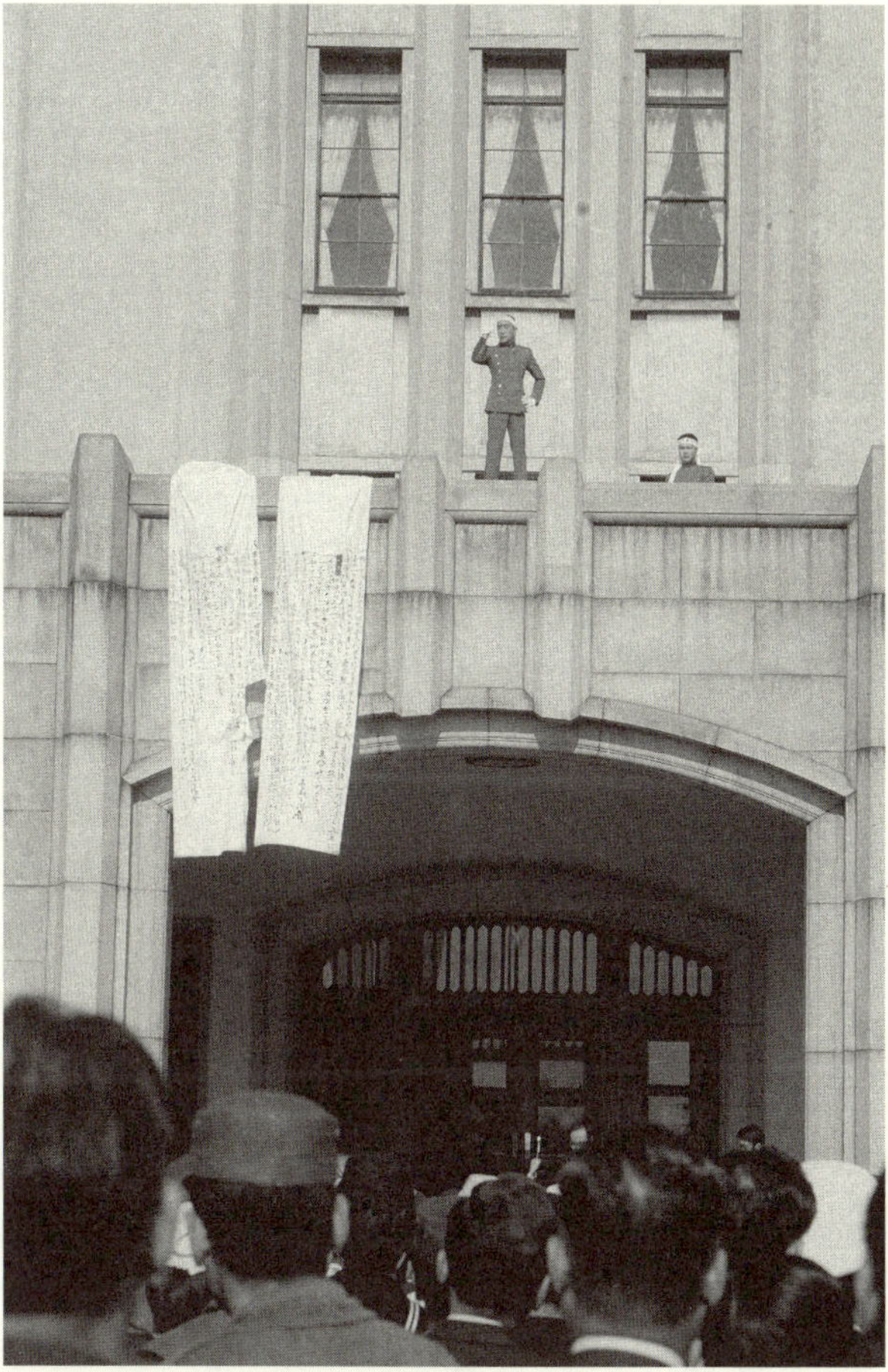

バルコニーに立つ三島と森田必勝。文字通り「決死」の演説だった

れが完全に警察力で制圧されたんだ。俺はあれを見た日に、これはいかんぞ、これで憲法が改正されないと慨嘆したんだ。

なぜか。それを言おう。なぜか。それはだ、自民党というものはだ、自民党というものは常に警察権力をもっていかなるデモも鎮圧できるという自信をもったからだ。

治安出動はいらなくなったんだ。治安出動はいらなくなったんだ。治安出動がいらなくなったのが、すでに憲法改正が不可能になったのだ。分かるか、この理屈が……。

諸君は、去年の10・21からあと、諸君は去年の10・21からあとだ、もはや憲法を守る軍隊になってしまったんだよ。自衛隊が20年間、血と涙で待った憲法改正ってものの機会はないんだ。もうそれは政治的プログラムからはずされたんだ。ついにはずされたんだ、それは。どうしてそれに気がついてくれなかったんだ。

去年の10・21から1年間、俺は自衛隊が怒るのを待ってた。もうこれで憲法改正のチャンスはない！　自衛隊が国軍になる日はない！　建軍の本義はない！　それを私は最もなげいていたんだ。自衛隊にとって建軍の本義とはなんだ。日本を守ること。日本を守るとはなんだ。日本を守るとは、天皇を中心とする歴史と文化の伝統を守ることだ。

おまえら聞けぇ、聞けぇ！　静かにせい、静かにせい！　話を聞けっ！　男一匹が、命をかけて諸君に訴えてるんだぞ。いいか。いいか。

それがだ、いま日本人がだ、ここでもってたちあがらなければ、自衛隊がたちあがらなきゃ、憲法改正ってものはないんだよ。諸君は永久にだねえ、ただアメリカの軍隊になってしまうんだぞ。諸君の任務というものを説明する。アメリカからしかこないんだ。

シビリアン・コントロール……シビリアン・コントロールに毒されてんだ。シビリアン・コントロールというのはだな、新憲法下でこらえるのが、シビリアン・コントロールじゃないぞ。

どうしてそれが自衛隊……（野次大きくなる）だ。

そこでだ、俺は4年待ったんだよ。俺は4年待ったんだ。自衛隊が立ちあがる日を。そうした自衛隊で4年待ったのは、最後の30分に、最後の30分に……俺はいま待ってるんだよ。

諸君は武士だろう。諸君は武士だろう。武士ならば、自分を否定する憲法を、どうして守るんだ。どうして自分の否定する憲法のため、自分らを否定する憲法というものにペコペコするんだ。これがある限り、諸君てものは永久に救われんのだぞ。

諸君は永久にだね、いまの憲法は政治的謀略に、諸君が合憲だかのごとく装っているが、自衛隊は違憲なんだよ。自衛隊は違憲なんだ。憲法というものは、ついに自衛隊というものは、憲法を守る軍隊になったのだということに、どうして気がつかんのだ！　俺は諸君がそれを断つ日を、待ちに待ってたんだ。諸君はその中でも、ただ小さい根性ばっかりにまどわされて、本当に日本のためにたちあがるという気はないんだ。

〈野次〉〈そのために、われわれの総監を傷つけたのはどういうわけだ！〉

抵抗したからだ。〈野次〉〈抵抗とはなんだ！〉憲法のために、日本を骨なしにした憲法に従ってきた、ということを知らないのか。諸君の中に、１人でも俺といっしょに立つ奴はいないのか。

１人もいないんだな。よし！　武というものはだ、刀というものはなんだ。自分の使命と心に対して……。それでも武士かぁ！　それでも武士かぁ！

諸君は憲法改正のために立ちあがらないと、見極めがついた。これで、俺の自衛隊に対する夢はなくなったんだ。

それではここで、俺は、天皇陛下万歳を叫ぶ。

天皇陛下万歳！　天皇陛下万歳！　天皇陛下万歳！

【「檄」　楯の会隊長　三島由紀夫】

われわれ楯の会は自衛隊によって育てられ、いはば自衛隊はわれわれの父でもあり、兄でもある。

その恩義に報いるに、このやうな忘恩的行為に出たのは何故であるか。かへりみれば、私は四年、学生は三年、隊内で準自衛官としての待遇を受け、一片の打算もない教育を受け、またわれわれも心から自衛隊を愛し、もはや隊の柵外の日本にはない「真の日本」をここに夢み、ここでこそ終戦後つひに知らなかった男の涙を知った。

ここで流したわれわれの汗は純一であり、憂国の精神を相共にする同志として共に富士の原野を馳駆した。このことには一点の疑ひもない。

われわれにとって自衛隊は故郷であり、生ぬるい現代日本で凛烈の気を呼吸できる唯一の場所であった。教官、助教諸氏から受けた愛情は測り知れない。しかもなほ敢てこの挙に出たのは何故であるか。たとえ強弁と言はれようとも自衛隊を愛するが故であると私は断言する。

われわれは戦後の日本が経済的繁栄にうつつを抜かし、国の大本を忘れ、国民精神を失ひ、本を正さずして末に走り、その場しのぎと偽善に陥り、自ら魂の空白状態へ落ち込んでゆくのを見た。政治は矛盾の糊塗、自己の保身、権力欲、偽善にのみ捧げられ、国家百年の大計は外国に委ね、敗戦の汚辱は払拭されずにただごまかされ、日本人自ら日本の歴史と伝統を潰してゆくのを歯噛みしながら見ていなければならなかった。

われわれは今や自衛隊にのみ、真の日本、真の日本人、真の武士の魂が残されているのを夢見た。

しかも法理論的には自衛隊は違憲であることは明白であり、国の根本問題である防衛が、御都合主義の法的解釈によってごまかされ、軍の名を用ひない軍として、日本人の魂の腐敗、道義の頽廃の根本原因をなして来ているのを見た。もっとも名誉を重んずべき軍が、もっとも悪質の欺瞞の下に放置されて来たのである。自衛隊は敗戦後の国家の不名誉な十字架を負ひつづけてきた。自衛隊は国軍たりえず、建軍の本義を与へられず、警察の物理的に巨大なものとしての地位しか与へられず、その忠誠の対象も明確にされなかった。

われわれは戦後のあまりに永い日本の眠りに憤った。

自衛隊が目ざめる時こそ日本が目ざめる時だと信じた。

自衛隊が自ら目ざめることなしに、この眠れる日本が目ざめることはないのを信じた。

憲法改正によって、自衛隊が建軍の本義に立ち、真の国軍となる日のために、国民として微力の限りを尽くすこと以上に大いなる責務はない、と信じた。

四年前、私はひとり志を抱いて自衛隊に入り、その翌年には楯の会を結成した。

楯の会の根本理念はひとへに自衛隊が目ざめる時、自衛隊を国軍、名誉ある国軍とするために命を捨てようといふ決心にあった。

憲法改正がもはや議会制度下ではむづかしければ、治安出動こそその唯一の好機であり、われわれは治安出動の前衛となって命を捨て、国軍の礎石たらんとした。

国体を守るのは軍隊であり、政体を守るのは警察である。

政体を警察力を以て守りきれない段階に来てはじめて軍隊の出動によって国体が明らかになり、軍は建軍の本義を回復するであろう。

日本の軍隊の建軍の本義とは「天皇を中心とする日本の歴史・文化・伝統を

守る」ことにしか存在しないのである。
国のねじ曲がった大本を正すといふ使命のためわれわれは少数乍ら訓練を受け、挺身しようとしていたのである。

しかるに昨昭和四十四年十月二十一日に何が起こったか。総理訪米前の大詰ともいふべきこのデモは、圧倒的な警察力の下に不発に終わった。その状況を新宿で見て、私は「これで憲法は変わらない」と痛恨した。その日に何が起こったか、政府は極左勢力の限界を見極め、戒厳令にも等しい警察の規制に対する一般民衆の反応を見極め、敢て「憲法改正」といふ火中の栗を拾はずとも、事態を収拾しうる自信を得たのである。

治安出動は不要になった。
政府は政体護持のためには、何ら憲法と抵触しない警察力だけで乗り切る自信を得、国の根本問題に対して頬っかぶりをつづける自信を得た。

これで左派勢力には憲法護持のアメ玉をしゃぶらせつづけ、名を捨てて実をとる方策を固め、自ら護憲を標榜することの利点を得たのである。

名を捨てて実をとる！

政治家にとってはそれでよからう。

しかし自衛隊にとっては致命傷であることに政治家は気づかない筈はない。

そこで、ふたたび前にもまさる偽善と隠蔽、うれしがらせとごまかしがはじまった。


銘記せよ！

実はこの昭和四十五年（注、四十四年の誤りか）十月二十一日といふ日は、自衛隊にとっては悲劇の日だった。

創立以来二十年に亘って憲法改正を待ちこがれてきた自衛隊にとって、決定的にその希望が裏切られ、憲法改正は政治的プログラムから除外され、相共に議会主義政党を主張する自民党と共産党が非議会主義的方法の可能性を晴れ晴れと払拭した日だった。

論理的に正に、この日を境にして、それまで憲法の私生児であった自衛隊は「護憲の軍隊」として認知されたのである。

これ以上のパラドックスがあらうか。


われわれはこの日以後の自衛隊に一刻一刻注視した。われわれが夢みていたやうに、もし自衛隊に武士の魂が残っているならば、どうしてこの事態を黙視しえよう。自らを否定するものを守るとは、何たる論理的矛盾であらう。男であれば男の矜りがどうしてこれを容認しえよう。我慢に我慢を重ねても、守るべき最後の一線をこえれば決然起ち上がるのが男であり武士である。

われわれはひたすら耳をすました。しかし自衛隊のどこからも「自らを否定する憲法を守れ」といふ屈辱的な命令に対する男子の声はきこえてはこなかった。

総監室に消えた三島。直後、総監室で自決した

かくなる上は自らの力を自覚して、国の論理の歪みを正すほかに道はないことがわかっているのに、自衛隊は声を奪はれたカナリヤのやうに黙ったままだった。

われわれは悲しみ、怒り、つひには憤激した。諸官は任務を与へられなければ何もできぬといふ。しかし諸官に与へられる任務は、悲しいかな、最終的には日本からは来ないのだ。シヴィリアン・コントロールが民主的軍隊の本姿である、といふ。しかし英米のシヴィリアン・コントロールは、軍政に関する財政上のコントロールである。日本のやうに人事権まで奪はれて去勢され、変節常なき政治家に操られ、党利党略に利用されることではない。

この上、政治家のうれしがらせに乗り、より深い自己欺瞞と自己冒涜の道を歩まうとする自衛隊は魂が腐ったのか。

武士の魂はどこへ行ったのだ。

魂の死んだ巨大な武器庫になって、どこへ行かうとするのか。

繊維交渉に当たっては自民党を売国奴呼ばはりした繊維業者もあったのに、国家百年の大計にかかはる核停条約は、あたかもかつての五・五・三の不平等条約の再現であることが明らかであるにもかかはらず、抗議して腹を切るジェネラル一人、自衛隊からは出なかった。

沖縄返還とは何か？

本土の防衛責任とは何か？

アメリカは真の日本の自主的軍隊が日本の国土を守ることを喜ばないのは自明である。

あと二年の内に自主権を回復せねば、左派のいふ如く、自衛隊は永遠にアメリカの傭兵として終わるであらう。

われわれは四年待った。

最後の一年は熱烈に待った。

もう待てぬ。

自ら冒涜する者を待つわけにはいかぬ。

しかしあと三十分、最後の三十分待たう。

共に起って義のために共に死ぬのだ。

日本を日本の真姿に、戻してそこで死ぬのだ、生命尊重のみで魂は死んでもよいのか、生命以上の価値なくして何の軍隊だ。

今こそわれわれは生命尊重以上の価値の所在を諸君の目に見せてやる。


それは自由でも民主主義でもない。

日本だ。

われわれの愛する歴史と伝統の国、日本だ。

これを骨抜きにしてしまった憲法に体をぶつけて死ぬ奴はいないのか。

もしいれば、今からでも共に起ち、共に死なう。

われわれは至純の魂を持つ諸君が、一個の男子、真の武士として蘇ることを熱望するあまり、この挙に出たのである。

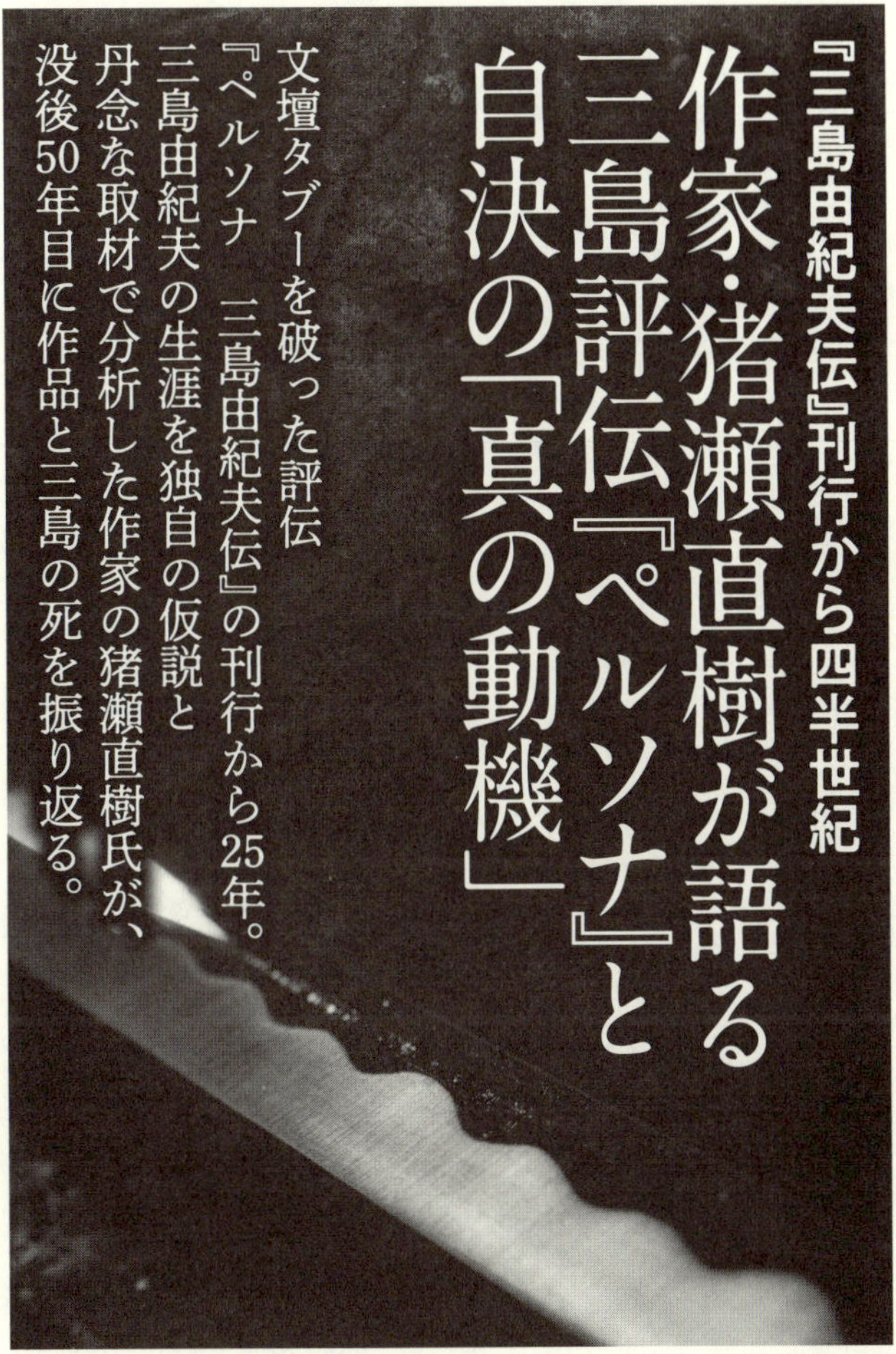

『三島由紀夫伝』刊行から四半世紀

作家・猪瀬直樹が語る三島評伝『ペルソナ』と自決の「真の動機」

文壇タブーを破った評伝

『ペルソナ　三島由紀夫伝』の刊行から25年。三島由紀夫の生涯を独自の仮説と丹念な取材で分析した作家の猪瀬直樹氏が、没後50年目に作品と三島の死を振り返る。

作家の猪瀬直樹氏が『ペルソナ　三島由紀夫伝』（文藝春秋）を上梓したのは三島の死後四半世紀が経過した1995年のことである。

初代樺太庁長官だった祖父、農林水産局長の父、そして短期間ではあるが大蔵省に勤務した三島という近代官僚の系譜から、綿密な取材によって三島像を浮かび上がらせたこの評伝は、文芸の世界を超えた新しいスタイルの作品として大きな反響を呼んだ。

『ペルソナ』の刊行から25年が経過し、三島の死から半世紀を迎えたいま、改めて三島由紀夫の死について猪瀬氏に聞いた。（取材＝本誌編集部）

未亡人にかけた電話

――三島の死から50年が経過し、若い世代においては、事件について詳しく知る人も少なくなってきました。1995年に『ペルソナ　三島由紀夫伝』を書いたときのことについて教えてください。

猪瀬　もともと文藝春秋から書き下ろしとして刊行する予定でしたが、締め切

作家・猪瀬直樹が語る
三島評伝『ペルソナ』と自決の「真の動機」

猪瀬直樹（いのせなおき）

1946年長野県生まれ。作家。1987年『ミカドの肖像』で大宅壮一ノンフィクション賞を受賞。1995年『ペルソナ　三島由紀夫伝』を刊行。2002年より道路公団民営会員をつとめ、2007年に東京都副知事、2012年に都知事、現在、大阪府・市特別顧問をつとめる。主な著書に『天皇の影法師』『昭和16年夏の敗戦』『公<おおやけ>』など。

りがないとなかなか前に進まないので、編集部に断ったうえで小学館の『週刊ポスト』で連載しました。出版は1995年、つまり三島が自決してから25年が経過していた時期ですが、それ以前まで、三島由紀夫について書くことはある種のタブーとなっていた状況があったように思います。僕は1994年に三島の未亡人である瑤子夫人に直接電話をかけ、雑誌の連載前に「仁義」を切っています。

〈一九九四年の早い時期であったと思うが、僕は平岡瑤子夫人に電話をかけている。三島由紀夫の評伝を書くことは、果たして可能なのかと危ぶまれた。最初のハードルを越えなければならない。

「令和」のいまではぴんと来ないかもしれないが、三島由紀夫は存在そのものが、ある意味ではタブーになっていた。

颯爽とデビューした三島の後塵を拝していた同世代の作家たち（「特に第三の新人」と呼ばれた人たち）が、三島不在のなかで文壇の長老然と振る舞っていたことも無関係ではない。口にこそ出さないが、彼らにとっては天才作家は狂気染みた忌まわしい事件を起こした犯罪者として忘れ去られるべきだったのだ。文壇は、三島の不在に居心地のよさを感じていたふしがあった。

三島由紀夫について書かれたものが発表されにくい状態が生じていたのは、直接的には平岡瑤子夫人からの圧力が大きい。『三島由紀夫全集』の版元である新潮社は、ジョン・ネイスンが書いた英語版評伝（『三島由紀夫——ある評伝』）の邦訳版（一九七六年）が発刊直後に回収された。したがってそれなりの評伝としては三島の友人村松剛による『三島由紀夫の世界』（一九九〇年）ぐらいしかなかった。村松は三島家と懇意で、瑤子夫人が気に障ると思われるような記述は巧みに避けられている。

全集の版元の新潮社に限らず、文芸系の大手出版社はいずれも三島由紀夫の文庫本を数多く出しているから、余計なことで瑤子夫人の逆鱗に触れないよう細心の注意を怠らなかった。

電話の話に戻ろう。瑤子夫人には戯曲『わが友ヒトラー』が上演された際に、演出家に紹介されて挨拶をしたことがあり、『ミカドの肖像』を読んでいたのか、会話が少し弾んだので、向こうも僕を記憶しているとの自信が少しあった。

僕は、『ミカドの肖像』のようにきちんとした作品にするつもりです、と伝えた。

電話口からは嗄れた声で短く「どうぞ」と聞こえた。〉(『季刊文科』2020年夏季号)

間違ったことを書いて抗議されたり、あるいは訴訟を起こされたりすることのないよう、緊張感をもってファクトとエビデンスを固め、連載を続けました。特に、三島の女性関係については記述に十分注意したことを覚えています。

瑤子夫人は僕が電話をかけた1年後、連載が終わらぬうちに他界しました。彼女の存在が、僕の作品の質を高めてくれたと言えるかもしれません。

三島が自決してから、作品を書くまでの25年はずいぶん長く感じられました。三島が自決したときの年齢が45歳。自分がその年齢を過ぎたとき、改めて三島の残した作品の質と量を実感しました。それに比べて、この作品を書いてからの25年間は三島の影は遠去かり、あっという間に過ぎたような気がします。時というものはこんなに簡単に過ぎるものなのか、と思いますね。

「明日は確実にめぐってくる」

――三島が自決した1970年11月25日は何をしていましたか。

猪瀬　ある美術系の出版社に身を置きながら、これからどのように生きていくか、考えていたときにあの事件が起きました。事件は、テレビのニュースで見ています。

僕は信州大学で、全共闘議長をつとめていましたが、1969年にはっきりと運動の終焉を感じていました。1970年代以降に起きた「よど号ハイジャック事件」や「連合赤軍事件」は、いわば落武者たちのゲリラ戦であり、それ以前の全共闘運動と同一視することはできません。

〈(1969年の)東大の安田講堂攻防戦は、おかしな作戦だと僕は思った。最後は玉砕とわかっている。それでは帝国陸軍と同じじゃないか。人を出しても無駄に終わる。けれど、お前のところは誰も出さないのかと言われたくはない。欠席はできない。

そこで思案して19歳の学生を送り込んだ。逮捕されても少年法にのっとって練馬の少年鑑別所送りとなり、不起訴処分で終わる。全共闘のリーダーとしてはそこまで考える。

結局、誰かがプロデューサー的な立場でつねに学生運動の持続可能性を考えていかないと立ち行かない。企画を出していかないと消えてしまう世界なのだ。だから僕は、どんな祝祭もそうであるように「いつかは終わりがくる」と感じていた。1968年の新宿騒乱事件があったとき、新宿駅東口一帯は学生に占拠され、勤め帰りのサラリーマンも交じり投石を繰り返した。騒乱罪が適用され、疑似革命状態だった。〉

〈だが実態は違っていた。現場にいた僕は喉が渇いたので、水を飲もうと思った。当時はまだ自動販売機もあまりない時代で、表通りから一本隔てた裏通りのパチンコ店に入ってコーラを飲んだ。見渡すと、酔っぱらったサラリーマンや化粧の濃いおばさんたちでパチンコ店は満員の盛況だった。

そこにはふつうの日常があった。高度経済成長の1960年代後半の風景で

1968年10月21日、国際反戦デーのデモは警察当局に鎮圧された

ある。「そうか」と、自分たちは表層に漂っているだけなのか、と。高度経済成長は、戦後の復興期に農村から都市への出稼ぎをはじめ衣食足りずで働きづくめの人たちがつくりあげたのだ。学生たちはそのおこぼれをもらっている放蕩息子にすぎない。

いずれ潮時が来ると思った。「ああもう終わりだな」と具体的に感じたのは、1969年11月の佐藤（栄作首相）訪米阻止闘争のときだった。実際、態勢を立て直した機動隊に学生は蹴散らされ、70年安保闘争とはいえ事実上は前年末に、いわゆる60年代後半の学生運動として終止符が打たれた。〉（『公〈おおやけ〉』猪瀬直樹著、NewsPicksパブリッシング）

1968年10月21日の国際反戦デーにおいて大規模なデモが発生したものの、騒乱罪の適用にとどまり、警察力でもって鎮圧された。

このとき三島は自衛隊が出動しなかったことに大きな不満を持つが、当時「楯の会」の実質的指導者だった陸上自衛隊調査学校（現・小平学校）の山本舜勝一佐は、これは「内乱」ではなく「騒乱」に過ぎないとして、次のように判断しています。

「(新左翼は) 首都を大きく揺るがしはした。だがそれは、闘争に関わった者たちの生活空間における闘いではなく、ひとつの設定された情況の中での闘いであり、従って、生活空間の決定的破壊という情況は起こり得べくもなかったのである。決定的破壊が起こらなかった以上、明日は確実にめぐって来る。明日がある限り、社会の秩序は崩壊することがない。デモの中の大衆も、一夜明ければまた通勤者として日常生活へ還って行く。地域の共感を得られない全共闘の闘いは、その場では確かに大衆を巻き込んでいるかに見えても、己れの生活空間に根ざさない闘いである以上、やがて浮きあがって、闘争を再拡大させることはできない」(『ペルソナ　三島由紀夫伝』猪瀬直樹著、文藝春秋)

「明日は確実にめぐってくる」という当時の山本一佐の言葉は、三島の思いと大きく食い違うもので、すでにこの時点で、三島の死が政治的な意味を持ちえなかったということがよく分かると思います。しかし、三島は自決の道に進むことを思いとどまることはできなかった。

ただ逆に言えば、三島の死が「非政治性」に満ちていたからこそ、全共闘世代にとって三島は特別な存在であり続けたということも言えるでしょう。

「切腹」が持つ西洋文化との等価性

――三島の死が世の中を変える政治的な意味を持たなかったとすると、その自決はどのような意味を持つのでしょうか。

猪瀬　三島は、儀式としての切腹を完遂し、それが日本の文化であるということを残そうと考えたのだと思います。切腹を自ら完全に演じ切ることによって、ヨーロッパ文化とも等価性のある、日本の高貴な文化を全世界に示したかった。それは形を変えた三島の「作品」であったと思います。

僕は『ミカドの肖像』（１９８６年）のなかで、かつて英国では切腹を「ハッピー・ディスパッチ」（happy despatch）という言葉で表現されていたことを書きました。ディスパッチとは「手早く殺す」「迅速に処分する」といった意味があり、そこに皮肉のニュアンスを込めた言葉が「ハッピー・ディスパッチ」です。

キリスト教社会では、自殺は罪深いものとされており、名誉を守るための自殺という観念はなかなか理解されません。

ところが、幕末・明治維新時代に日本に滞在した英国外交官（二等書記官）のアルジャーノン・B・ミットフォードは、1868年（慶応4年）に日本で実際の切腹を目の当たりにし、その崇高な儀式に感動して、著書にその旨を書き残しています。

〈幕末から維新にかけて日本に滞在した英国外交官アーネスト・サトウの『一外交官の見た明治維新』（一九二一年刊）は広く知られている。明治維新当時、通訳官のサトウは二十五歳だった。そして、もう一人、日本語に練達した三十一歳の二等書記官がいた。アルジャーノン・B・ミットフォードである。その『古い日本の物語』（一八七一年刊）は、八つの物語の筋書きを中心に解説を加えたもので冒頭に「四十七人のローニン」が置かれている。ミットフォードはハラキリという語を用い、切腹が野蛮な風習にすぎないという常識を覆そうとしていた。〉

〈ミットフォードはサトウとともに、慶応四年（一八六八年）二月九日に、備前（岡山）藩士滝善三郎の切腹に立ち会った。神戸の開港をめぐって攘夷派の備前藩士が外国人に狼藉を働いたかどで英・仏・米などの公使たちが責任者の処罰を要求することになった。神戸事件は、発砲を命じた滝一人を処刑することによって解決をみるのだが、いわゆるトカゲの尻尾切り処分であった。それはともかくミットフォードは滝の切腹に感動し、そのありさまを克明に語ったのである。

処刑は兵庫の永福寺で行われた。寺の境内は一幅の絵のようだった。

「大きな篝火の周りに大勢の兵士が集まっていたが、その明滅する光が、寺の深い軒先と切り妻の端をゆらゆらと、かすかに照らし出していた」

滝は「三十二歳で、背が高く、がっしりしており、堂々とした態度」だった。

「金の刺繍で縁取りした陣羽織」を着た介錯人が同道した。「介錯という言葉は、我々の国でいう死刑執行人とは意味が違うことに注意して欲しい。この役目を果たすのは、紳士でなければならない」のである。

「短刀を左の腹に深く突き差し、ゆっくりと右側へ引いた。そして、傷の中で刃を返すと、上向きに浅く切り上げた。この胸の悪くなるような痛ましい動作の間、彼は顔の筋肉一つ動かさなかった。彼は短刀を引き抜くと、前屈みになって首を差しのべた。その時初めて苦痛の表情が彼の顔をちらりと横切ったが、一言も発しなかった。彼のそばにうずくまって、その動作を注意深く見守っていた介錯人が、その瞬間、すっくと立ち上がり、一瞬、刀を空中に構えた。刀がさっと閃くと、重たい物が落ちるどさっという嫌な音がした。一太刀で首は体から切り落とされたのである。その後、死のような沈黙が続いたが、わずかにそれを破るものは、目の前の死体からどくどく流れる血潮の不気味な音だけであった」(A・B・ミットフォード著『英国外交官の見た幕末維新』)

ミットフォードは、サムライたちの野蛮さよりも、崇高な倫理観に裏打ちされた行為としての切腹を強調している。〉(『ミカドの肖像』猪瀬直樹著、小学館文庫)

三島は死の少し前に「戦後民主主義とそこから生じる偽善」を説き、「無機的な、からっぽな、ニュートラルな、中間色の、富裕な、抜目がない、或る経済大国が極東の一角に残るのであろう」（『サンケイ新聞』1970年7月7日）と書いています。

だが三島が描いた最後の自死の設計図は、「偽善」に対する抗議でもなく、また憲法改正や、あの自決直前に撒いた檄文に書かれたような、極めて政治性の強いメッセージとは別の部分にあったと思います。山本一佐が身を引いた時点で、三島にとって情況と設計図は明らかに齟齬をきたしていた。それでも三島は引き返さなかった。とすればこれは政治的な死ではなく、個人的な死であったと僕は考えています。ただの死ではない。先に述べたように儀式としての切腹を完遂することで崇高な死の在り処を示し、自身への決着をつけようとしたのではないでしょうか。

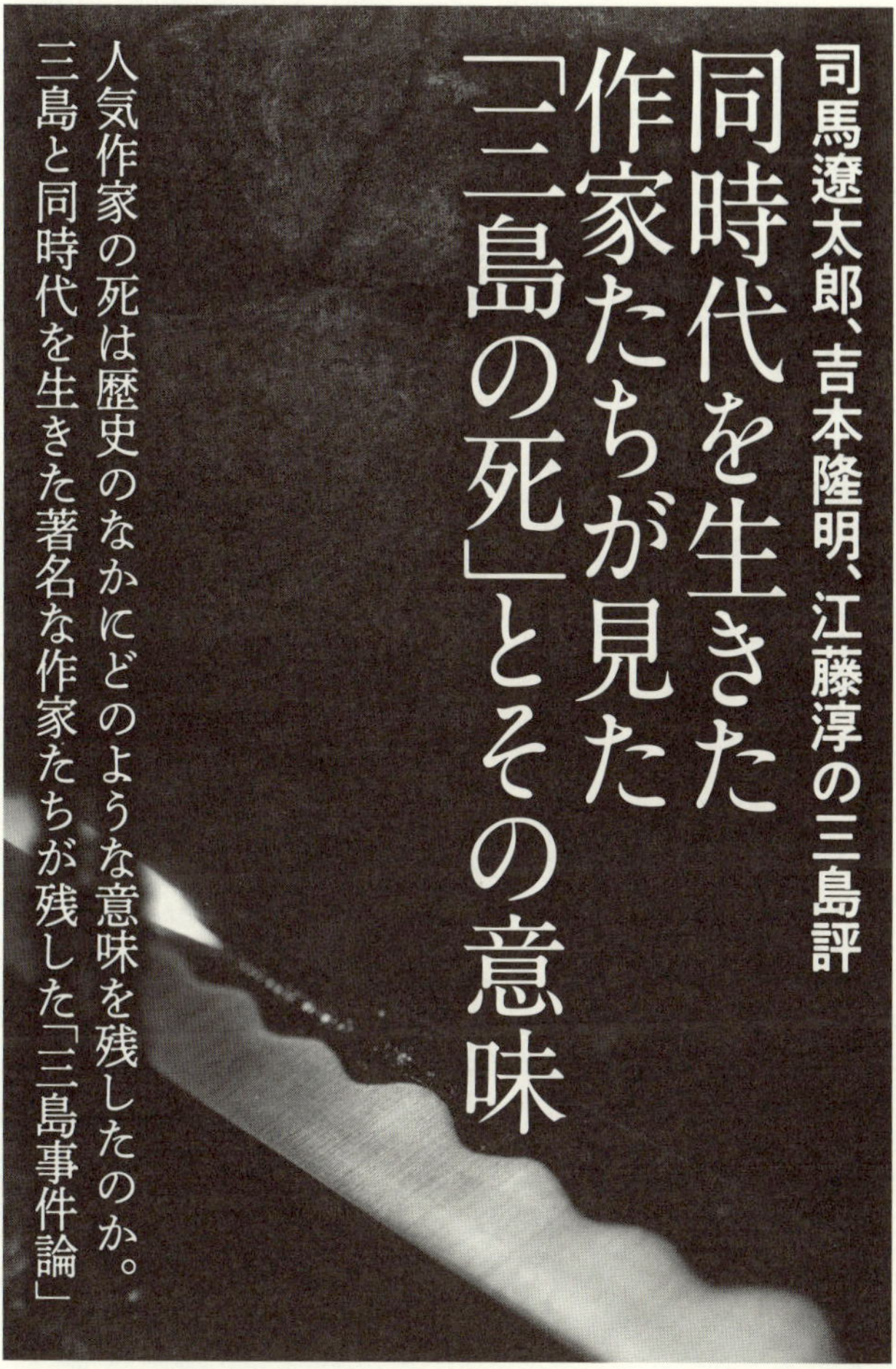

司馬遼太郎、吉本隆明、江藤淳の三島評

同時代を生きた作家たちが見た「三島の死」とその意味

人気作家の死は歴史のなかにどのような意味を残したのか。
三島と同時代を生きた著名な作家たちが残した「三島事件論」

「三島氏のさんさんたる死」

三島の衝撃的な死に対して、当時の知識人たちはそれをどのように受け止め、解釈したか。ここでは、三島（1925年生まれ）と世代の近い司馬遼太郎（1923年生まれ）、吉本隆明（1924年生まれ）、江藤淳（1932年生まれ）の評論を振り返ってみる。

まず、三島の事件を機敏にとらえたのが国民的作家の司馬遼太郎である。司馬は三島事件の翌日（1970年11月26日）の新聞に早くも長文の原稿を寄稿している。「異常な三島事件に接して」と題する評論は次のように始まっている。

〈三島氏のさんたんたる死に接し、それがあまりにあまなましいために、じつをいうと、こういう文章を書く気がおこらない。ただ、この死に接して精神異常者が異常を発し、かれの死の薄よごれた模倣をするのではないかということ

をおそれ、ただそれだけの理由のために書く。〉（『毎日新聞』1970年11月26日、以下同）

三島の死が「薄よごれて」いるのではなく、模倣があれば、それは「薄よごれて」いるとの文脈だが、司馬は三島の死を「さんさんたる」という言葉で表現している。

司馬は29歳で死罪となった吉田松陰を例に出し、こう言う。

〈松陰は日本人がもった思想家のなかで、もっとも純度の高い人物であろう。松陰は「知行一致」という、中国人が書斎で考えた考え方を、日本ふうに純粋にうけとり、自分の思想を現実世界のものにしようという、たとえば神のみがかろうじてできる大作業をやろうとした。虚構を現実化する方法はただひとつしかない。狂気を発することであり、狂気を触媒とする以外にない。要するに大狂気を発して、本来天にあるべきものを現実という大地にたたきつけるばかりか、大地を天に変化させようとする作業をした。当然、この狂気のあげくのはてには死があり、松陰のばあいには刑死があった。松陰は自分のゆきつくところが刑死であることを知りぬいてみずからの人生を極度に論理化し（松陰は自己陶酔者ではなかったから美化ではない。しかしその道程と結果は似ている）人生を理論化したあげく、かれ自身が覚悟し予想していたがごとく、異常死へゆきついた。みずからの人生と肉体をもって純粋に思想を現実化させようとした思想家は、その純度の高さにおいて松陰以外の人を私は世界史に見出しにくい。〉

〈かれほど思想家としての結晶度の高い人でさえ、自殺によって自分の思想を完結しようとはおもっていなかった。さらに松陰の門下から多くの血なまぐさい思想的奔走家や政治的奔走家を出したが、かれらの一、二をのぞいては思想と現実が別個のものであることを知っており、現実分析による現実的行動によって歴史を変革することをなしとげた。というより変革期にきている歴史的現実を、現実的にとらえ得た。

私が松陰という極端な例をここに出したのは、むろん念頭に三島氏を置いてのことである。三島氏のは、三島氏独自の思想であり、日本人の精神の歴史的

同時代を生きた作家たちが見た「三島の死」とその意味

三島事件当時、日本を代表する作家としての地位を確立していた司馬遼太郎

系列とは別個のものだということを考えたいがためである。〉

三島が、日本人を代表する「精神」を取り戻そうとしたと考えるのは間違いで、まったく別個のものとして考える必要性があると司馬は指摘する。また、司馬はここで、三島が政治的発言を繰り返してきたことから、その死をある世代が「政治的死」と誤認する危険性についても言及している。

美と政治の危険な融合

司馬はまた、三島の思想の本質を次のようにとらえている。

〈三島氏の場合、思想というものを美に置きかえたほうが、よりわかりやすい。思想もしくは美は本来密室の中のものであり、他人が踏みこむことのできないものであり、その純度を高めようとすればなおさらのことであるが、三島氏はここ数年、美という天上のものと政治という地上のものとを一つのものにする衝動を間断なくつづけていたために、その美と密室に他人を入りこまさざるを得なくなった。楯の会のひとびとが、その「他人」である。〉

本来、融合することのない「美」と「政治」を統合しようとしたことが、「異常な」三島事件を引き起こしたとする分析である。

司馬の考えでは、もともと思想というものは大いなる虚構であって、現実とかかわりがないというところに「思想の栄光がある」という。その意味で、三島の決死の演説が、自衛隊員たちにまったく届かなかったというのは不思議なことではなかったのである。

〈新聞に報ぜられるところでは、われわれ大衆は自衛隊員をふくめて、きわめて健康であることに、われわれみずからに感謝したい。三島氏の演説をきいていた現場自衛隊員は、三島氏に憤慨してヤジをとばし、楯の会の人をこづきまわそうとしたといったように、この密室の政治論は大衆の政治感覚の前にはみごとに無力であった。このことは、さまざまの不満がわれわれにあるとはいえ、

日本社会の健康さと堅牢さをみごとにあらわすものであろう。〉

だが、司馬は最後に、こうした自分自身の評論が三島の激しい行動と比べて無力であることを認め、三島が残した文学的遺産への評価を忘れていない。

〈むろん、こういう私の感想は三島氏の美学に対してはきわめて無力であり、それがわれわれの偉大な文学遺産であることをすこしもそこなうものではない。要するに三島氏の「密室」が分裂していたがごとく、この事件をうけとったわれわれも、それを反映して、分裂せざるをえないのである。われわれはそれをむしろくっきりと分裂させ、規定を別々にし、感受性のゆたかな芸術鑑賞者であることと、健康な日本人であることを同時にもちたい。〉

吉本隆明が語った「三島の死」

さて、1960年代から70年代にかけ、全共闘世代に大きな影響力を持ち、いまでは「よしもとばななの父」としても知られる吉本隆明は、1990年に「檄のあとさき」という評論を発表している。

三島事件から20年が経過したのを機に、改めてその意味を問い直した考察は、次のように始まっている。

〈昭和四十五年（一九七〇）十一月二十五日の昼ごろ、ひとつの建物の二階バルコニーで「楯の会」の制服姿の三島由紀夫がなにか訴えている姿がテレビに放映された。建物のまえで自衛隊員らしい制服姿があつまって、口々に弥次をとばしている。あまり弥次がはげしいので、なにがかたりかけられているのか、まったくききとれない。しばらくすると諦めた表情で演説をやめると三島由紀夫はバルコニーから姿を消してしまった。このときの印象をひと言でいえば、三島由紀夫が不意に自衛隊のなかでなにかを始めたなということだった。そして意外だったのは、自衛隊員の弥次がとても激しいことだった。わたしなどの印象では自衛隊の存在を認め、親和感をもち、体験入隊のかたちで軍事訓練に参加したりしていたのは、三島由紀夫と「楯の会」隊員だけで、自衛隊など市民社会では日蔭者的な存在と思われているだけだった。せっかくまれな同調者が語りかけているのに、聞くだけ聞いてやるのが礼儀なのにとおもえた。〉（『新潮』1990年12月号、以下同）

吉本が抱いた印象は、日本人の多くに共通するものであった。当時、三島の自衛隊乱入はラジオやテレビで速報されており、日本が高度なメディア時代に突入したことを象徴する事件でもあった。三島事件から1年あまり経過した1972年2月には、連合赤軍メンバーが起こした「あさま山荘事件」がテレビで生中継され、機動隊と籠城した連合赤軍の銃撃戦は驚異的な視聴率を記録している。

吉本は、三島の演説や檄文の「異様さ」を次のように分析している。

〈この「檄」の訴えは、そのときもそうだったが、いまも異様な感じをあたえる。その印象をひと口にいってみれば、戦後の文学者のうち、もっとも知的な作家が作品に実現した複雑な心理主義の体系は「義」「武士の魂」「男の矜り」

「天皇を中心とする日本の歴史・文化・伝統」といった少数のキイ・ワードの継ぎはぎで言い尽されてしまう場所にまで退行している、これは異様なことではないのか。〉

吉本は、『太陽と鉄』『私の遍歴時代』などの三島作品から、肉体の鍛錬に傾倒した三島が、やがて死を意識するようになった必然のプロセスを次のように読み解く。

〈かれは一九四五年の太平洋戦争の敗戦の夏の太陽が、人間の悲しみにも世界の激変にもかかわりなく、さんさんと照りつける異様な体験を保存した。そして一九五二年のはじめての海外旅行で、ふたたび太陽と和解したと述べている。〉

〈戦争期に少年のかれは太陽に背き浪漫派風の夜の思考にひたることが反時代的におもえて、そう振舞った。ところが、敗戦後は戦後派的な夜の思考が時代を支配するようにおもわれてきた。夜の思考にはいりこんだものは例外なく

「粉っぽい光沢のない皮膚」をしていて、衰えた胃袋をもってることに、だんだん感覚的な嫌悪をもつようになる。そして臓器感覚的な夜から明るい皮膚につつまれた筋肉のもりあがり、よく太陽に灼け、光沢を放つ皮膚をもち、敏感に隆起した筋肉をもたねばならないとおもいはじめる。思考の訓練よりもさきに肉体の訓練が大切だとおもわれて、ジムに通うようになる。こういう肉体の決心とその実行について、三島由紀夫の文学的大才がなんの意味ももたなかったことに、わたしたちは驚嘆する。なにを、誰に向かって驚嘆するのかと問われたら、人間という存在の出来の悪さにたいしてと答えるよりほかすべがない気がする。そう決心したらそういくほかに誰も道を択ぶことはできない。資質の無意識が宿命としてどれだけかれの道すじを左右するか、やってみなければ決められないからだ。

こういうかれの思考のはてが、夜に属する厭世や無気力とではなく、肉体と精神の充溢に結びついた「死」を招きよせるようになるのは当然のような気がする。〉

「肉体と精神を等価にする」と宣言していた三島由紀夫

三島由紀夫は、結論を明確にイメージして作品を仕上げる作家だったと言われているが、自らの人生においても、決められた結末に向けて、早い段階から肉体と精神のすべてを調節していたのだろうか。

吉本は、徹底した理論武装を重んじた三島の生涯の、ある種の悲劇性を次のように表現している。

〈かれは生涯のじぶんの資質の悲劇を、乳胎児期の不在と欠如からくる無意識にゆだねることを潔しとしないで、どこにも隙間のないよう全身に論理の鎧をつけようとした。その結果、かれはじぶんの宿命をもてあそんだのか、宿命からもてあそばれたのか不分明になるところまで、徹底して生涯を意識化していったとおもえる。〉

自らの人生の意味を意識化し、言語化することにこだわり続けた三島由紀夫。その結末があの鮮烈な死であったするならば、それはある種の必然だったのだろうか。

江藤淳が語った「三島と戦後」

三島由紀夫とも親交のあった、戦後の著名な文芸評論家である江藤淳は、三島の死を「軍隊ごっこ」と切り捨てている。だが、その江藤は1999年、先立たれた妻の後を追うように自死している。

江藤は事件が起きた直後、週刊誌の取材に長い談話を寄せている。三島の作品へのオマージュが垣間見えるその談話の一部を抽出してみる。

〈三島さんの今度の事件を聞いて、私はたいへん困ったことが起きてしまったな、としばらくぼう然としてしまいました。

三島さんは元来、学習院時代に、清水文雄教授、蓮田善明、保田與重郎氏らの、日本浪漫派の代表的人物の強い影響を受けて出発した人です。

日本浪漫派の思想というのはいわば唯美的なナショナリズムであり、彼のナショナリズムも16歳の時の『花ざかりの森』ですでに芽生え、今日までの三島文学の根底に、この思想は貫かれています。そういう意味では、今度の行為は一貫していますが……。

それが戦争に敗け、昭和21年ごろに、三島さんは、戦後派の鬼才作家として、華々しく文壇に登場してこられた。しかし当時は、米軍の占領下にあり、また巷には闇市や、同じ世代の復員くずれが彷徨していた混乱の状況のなかでは、彼のナショナリスティックな心情は、あからさまに表面には出せなかった。そのために三島さんは、自分の美意識を、逆説的な形で表現せざるをえないというところに置かれていました。

それがかえって、昭和30年代前半までの彼の文学を支え、鍛えることに役立った時期でもあったのです。『金閣寺』がその頂点といっていいでしょう。〉（『週刊現代』1970年12月10日号、以下同）

時代状況と、三島の才能がうまく合致した期間、三島は驚くべき質と量の作品を量産し続けた。秘めたる内部のエネルギーが、すべて文学作品として美しく昇華した、幸福な時代であった。

〈ところが、30年代後半になって、安保改定や経済力の成長などがあり、アメリカに対しても、それほど気を配らずに、ものが言えるようになった。そうした社会背景を反映して執筆された長作、『鏡子の家』では、その第1章から直接の戦後は終わった、と暗示するようなところからはじまっています。

この辺りから、三島さんは作家として悩みはじめたようです。文学と自分との間に、〝溝〟というか違和感を感じはじめたようです。美意識を背後に退けて、内に秘めていたナショナリズムをストレートに出した実際行動が多くなり、文学の世界で勝負するよりも、自分が文壇で築いた象徴的な地位を通して表現する、といった行動が目につきました。

ノーベル賞への期待があったのもそうでしょう。自分の名声を高めるということよりも、文学賞を受賞することによって、日本文学の伝統的なものを国際的に評価させる、ということを望んでいたようです。それが、三島さんの師である川端康成氏が受賞され、三島さんの夢は満たされたわけですが、このころから「楯の会」を結成し、行動は更にエスカレートしました。〉

三島がその晩年、創作活動よりも「楯の会」の活動を優先させ、政治色を強めていったことはよく知られているとおりである。

純粋な三島文学に親しんできた読者やファンにとっては、作家としての三島と、自衛隊で演説する三島のギャップを、いまだに解消できないという人が多い。その疑問に対し、江藤は端的に答えている。

スターの知られざる「倦怠感」

三島の自決を「最後の作品」と語る関係者は多い。江藤もその1人である。

〈戦後25年間、いつもジャーナリズムのスターとして華やかなスポットライトを浴び続けた、深い疲労感もあったと思います。才能ある作家として栄誉も名声も極めた人としての、深いけん怠感とでもいうのでしょうか。

三島さんは、割腹という行為で自分の美と思想を終局させたばかりでなく、このけん怠感にも終止符を打とうとしたのでしょう。すぐれた戯曲家であった三島さんの最後の演技でもあった……と思います。

しかし、この行為が連鎖反応を起こすことを恐れます。もうひとつ。心配なことは国際的な反響です。日本の作家の中では最も多くの作品が翻訳されており、先日私がロンドン大学を訪れた時も、ストロングという教授から、「楯の会」のことについて聞かれました。日本の代表的文化人というと、すぐ三島氏が浮かぶ。その彼が組織した右翼団体ということで話題になっているのです。外国にとっては、戦前の日本の薄気味悪い軍国主義の印象、記憶を呼び戻す象徴として受けとめられているようです。

日本はまだ、完全に自前にはなっていないと私は思います。あの大戦争で、あれだけ徹底的にダメージを受けた日本が、25年間で完全に回復できるはずがありません。

最近になって、やっと繊維問題その他でアメリカと経済的に競争国である、ということが肌で感じるようになってきたのです。自分の足でやっと歩けるようになった証拠ですが、敗戦の重みを感じるのは、むしろこれからです。だからわれわれの世代には、スカッと晴れ上がった青空などは期待できないでしょう。次の世代に〝自前の日本〟を引き渡すまでは――。

　それまでは1日、1日を耐えていかなければなりません。そんな中途半端な国内及び国際情勢に三島さんは耐えられなかったのではないかと思います。それに私たちの世代は、耐えてゆかねばならないと思います。

　三島さんは腹を切って終わりましたが、早まったことをしてくれました。〉

　時代状況のなかで、三島の気持ちがどう変遷していったのかをよく理解できる解説だが、常人には理解しがたい三島の疲労感、倦怠感というものが、死に直結するほどのものだったのか。それについては、時代が経過すればするほど、理解が遠のいていく気もする。

　三島作品の理解者であった江藤は、三島の死を「一種の病気」であると強く否定したが、それは才能の消失を惜しむ逆説表現でもあったのだろう。

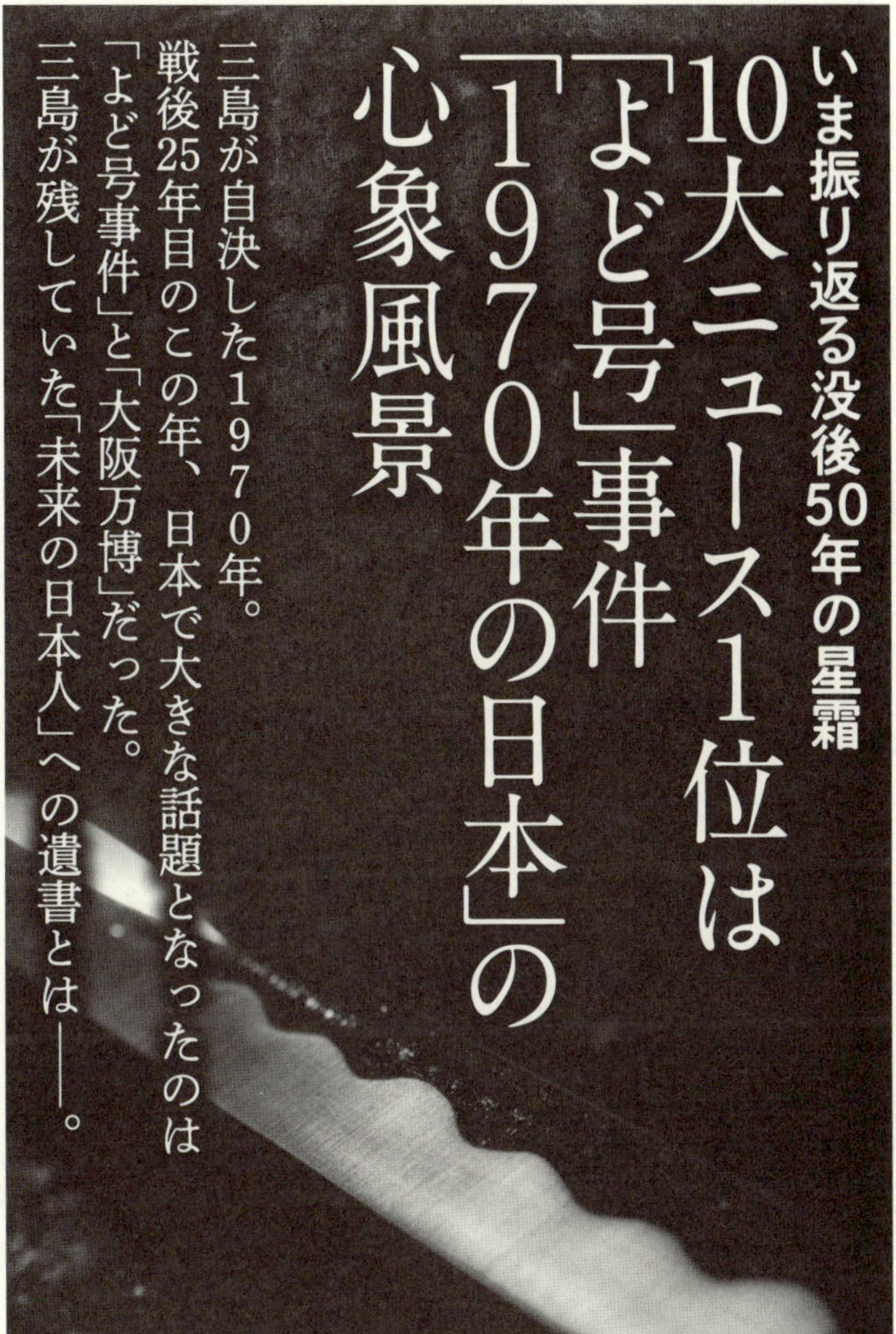

いま振り返る没後50年の星霜

10大ニュース1位は「よど号」事件「1970年の日本」の心象風景

三島が自決した1970年。

戦後25年目のこの年、日本で大きな話題となったのは「よど号事件」と「大阪万博」だった。

三島が残していた「未来の日本人」への遺書とは――。

1970年の「10大ニュース」

三島由紀夫が自決した1970年、いまから50年前の日本は、どのような時代だったのだろうか。

読売新聞が毎年発表している、「年間10大ニュース」によれば、1970年のラインナップは次のとおりである。

①「よど号」ハイジャック事件
②大阪万博開催
③三島由紀夫事件
④沖縄国政参加選挙
⑤日米安保自動継続（70年安保闘争）
⑥佐藤栄作総裁4選
⑦大阪・天六ガス爆発事故（死者79名）

⑧全国に公害続発
⑨富士銀行不正融資事件
⑩プロ野球「黒い霧」事件

三島の事件は、３位に入っている。また、映画『イージー・ライダー』が封切られ、ドラマ『時間ですよ』（森光子、堺正章らが出演、ＴＢＳ）がシリーズ化。缶コーヒーが初登場し、流行語は「ウーマン・リブ」「鼻血ブー」。藤圭子の「圭子の夢は夜ひらく」、いしだあゆみの「あなたならどうする」が流行した。

ちょうど、終戦から25年。戦後生まれの世代が社会人となっていく時期で、学生運動が収束に向かっていくなか、高度成長のマイナス面が顕在化。佐藤栄作政権の終盤で、田中角栄が１９７２年に新首相となるまで、日本はある種の閉塞感に包まれていたといってもいいだろう。

ここでは、三島事件と並んで時代の空気を象徴した「よど号事件」（３月31日）について、その経緯を振り返ってみることにしたい。

いまも平壌に暮らすメンバーたち

1960年代後半から激化した日本の学生運動は、70年代に入ると、連合赤軍による「リンチ殺人事件」「あさま山荘事件」を契機に退潮した。

あれから半世紀近くの時が流れた。時代の波を真っ向からかぶった当時の若者たちもいまや70代の老齢にさしかかっている。

運動に没頭した彼らの多くはその後、普通の社会人として働き、家庭を持ち、それぞれの人生を歩んだ後にリタイアの時期を迎え現役世代にバトンタッチした。時代は確実に流れたのである。

だが「あの日」から時が止まったままの男たちがいる。

1970年、日本初のハイジャックとなる「よど号事件」を起こした実行犯グループである。

「世界革命」を目指した9人のメンバーは乗っ取った航空機で北朝鮮に亡命。その後、5人が死去し、いまもなお4人が北朝鮮で生活している。

「日本人村で暮らす彼らの生活はいまのところ安定しており、日本のＢＳ番組なども見ることができますので、情報から隔離されているわけではありません。しかし、帰国を望むメンバーに対して日本政府は、一部のメンバーとその妻が日本人拉致事件に関与したとして逮捕状を出している。彼らはあくまで拉致関与を否定しており、メンバーの帰国は暗礁に乗り上げた状態が長く続いています」（ジャーナリスト）

日本を震撼させた「よど号事件」の経緯を改めて辿ってみることにする。

メンバー4人が遅刻し計画は「延期」に

いわゆる全共闘運動の熱量に陰りが見え始めていた１９７０年、その過激さをいっそう増幅させていったのが赤軍派だった。

同年3月15日、赤軍派最高幹部だった「日本のレーニン」こと京大出身の塩見孝也議長（２０１７年に死去）が逮捕される。

前年の１９６９年11月に「大菩薩峠事件」で53名もの幹部が逮捕されていた

赤軍派は「国内闘争だけでは限界がある」と考え、革命軍を世界各地に配置する「国際根拠地論」を打ち出していた。「先進帝国主義国家」打倒のためには「労働者国家」の支援が必要であり、そこで革命の根拠地として選ばれたのが北朝鮮だったのである。

塩見らは「フェニックス作戦」と名付けられた航空機ハイジャックを計画。実行グループリーダーには赤軍派軍事委員会議長の田宮高麿（当時27歳）が選ばれた。

だが、決行直前の段階になって塩見が逮捕される。もっともその時点で当局はハイジャック計画を把握しておらず、塩見の手帳には「H・J」の文字があったが、当時の日本ではまだ「ハイジャック」という言葉がほとんど知られていなかったため、公安警察はその意味を見抜けなかった。

塩見の逮捕を受け、計画の発覚と阻止を恐れた実行犯グループは3月27日、ハイジャックを決行する。だが、メンバーのうち4人が遅刻。リーダーの田宮は決行日を急遽31日に延期した。

まだ飛行機に乗ったことのある日本人がほとんどいなかった時代。遅刻したメンバーたちは予約もなく、時間直前に空港に現れるという失態を演じていた。

ちなみにこのとき遅刻した4人のうちの2人が、現在も北朝鮮に暮らす小西隆裕（当時25歳）と安部公博（当時22歳＝現姓・魚本）である。「労働者階級」による蜂起を目指していた赤軍派だったが、メンバーのなかで実際に労働者と言えたのは高卒で工員をしていた吉田金太郎だけで、あとは単なる無職の若者に過ぎなかった。

仕切り直しとなった3月31日早朝、9名の実行犯が羽田空港に集まった。この日、他にも1名、参加する予定だったメンバーがいたが、姿を現さなかった。しかし、田宮は決行を決断。いまもそのメンバーの名は明らかにされていない。

金属探知機もボディチェックもなかった時代、メンバーたちはいとも簡単に拳銃や日本刀、ダイナマイト（いずれも偽物）を機内に持ち込むことに成功した。

午前7時21分、ほぼ満席となった日本航空351便羽田発福岡行き「よど号」は離陸した。機長は石田真二（当時47歳）。乗客には聖路加国際病院の医師、日野原重明（当時58歳）がいた。

離陸から約10分後、富士山上空に差し掛かった「よど号」内で、赤軍派メンバーが突然、武器のようなものを振りかざして立ち上がった。

「私たちは共産主義者同盟『赤軍派』です！」

乗客がどよめいた。日本初の「ハイジャック事件」発生の瞬間だった。

リーダーの田宮高麿はこう続けた。

「私たちは北鮮に行き、そこにおいて労働者、国家、人民との強い連帯を持ち、そこにおいて軍事訓練等々を行い、今年の秋、再度、いかに国境の壁が厚かろうと再度日本海を渡って日本に上陸し、断固として前段階武装蜂起を貫徹せんとしています。われわれはそうした目的のもとに今日のハイジャックを敢行しました！」

他のメンバーが操縦室に押し入り、石田機長に平壌行きを強要。しかし「燃料が足りない」と説得され、給油のため「よど号」はいったん福岡・板付空港に着陸する。

ここで女性や子ども23人が解放され、「よど号」は平壌へ向かった。しかし、ハイジャック発生の情報をキャッチした韓国空軍がスクランブル発進。空

10大ニュース1位は「よど号」事件
「1970年の日本」の心象風景

いったん韓国の金浦空港に着陸した「よど号」。その後、平壌に向け飛び立った

中で「よど号」に接近しソウル・金浦国際空港に誘導、平壌行きを阻止する。金浦空港では北朝鮮人民軍の服装をした韓国兵士が「歓迎」のプラカードを持つなどして平壌到着を偽装した。

しかし、米国航空会社であるノースウエスト機が駐機していたことや、金日成の写真がなかったことなどから実行犯グループに感付かれ、事態はいっそう緊迫の度合いを高める。

結局、4月3日になって日本政府は山村新治郎・運輸政務次官が乗客の身代わりとして人質となること、その後平壌に向かうことで犯人グループと合意。乗客と機長、副操縦士、航空機関士以外の乗務員は解放され、午後7時20分、「よど号」は北朝鮮の美林空港に着陸。亡命は成功した。

なお「よど号」は4月5日に帰国し、犠牲者を出さずに事態を切り抜けた石田機長、山村新治郎は一躍ヒーローとなった。

リーダーの田宮は、ハイジャック前日に「声明文」を用意していた。

〈われわれは明日、羽田を発たんとしている。われわれは如何なる闘争の前にも、これほどまでに自信と勇気と確信が内から湧き上がってきたことを知らない。……最後に確認しよう。われわれは〝あしたのジョー〟である〉

人気漫画の主人公になぞらえ、革命のヒーローを気取ってみせた声明文であったが、彼らの思い描いていた理想と現実はあまりにも大きくかけ離れていた。

主体思想による「洗脳」の日々

平壌に亡命した９人のメンバーと出身大学は次の通りである。

●田宮高麿（27・大阪市立大学）
●小西隆裕（26・東京大学医学部中退）
●安部公博（22・関西大学除籍）
●若林盛亮（23・同志社大学除籍）
●赤木志郎（23・大阪市立大学除籍）

●田中義三（22・明治大学）
●岡本武（25・京都大学農学部中退）
●吉田金太郎（20・高卒）
●柴田泰弘（17・高校生）

東京大学医学部から17歳の少年まで、経歴はそれぞれだが、いずれも赤軍派の思想に共鳴した闘士たちであった。

彼らは金日成に歓待され、不自由のない生活を保証された。しかし、この地を革命の拠点とし、半年後には日本海を渡って日本に戻るという当初の「計画」はまったくの夢物語となる。

メンバーは主体思想の講義を受ける日々が続き、当局の厳重監視下におかれ、帰国はもちろんのこと、「金日成のオルグ」や軍事訓練、武装蜂起などを起こせる可能性は皆無だった。

1975年ごろから1977年にかけ、金日成の意向もありメンバーは北朝鮮で次々と結婚する。相手は日本から北朝鮮に渡った主体思想に関心を持つ日本人女性（一部に在日女性も含まれる）だった。

例外としては東大医学部中退の小西隆裕が、北朝鮮にやってきた学生時代の恋人、福井タカ子と結婚したケースもあった。

彼らにはやがて子どもが生まれ、平壌郊外の「日本人村」には最盛期で36人の日本人が共同生活を送っていたという。

ハイジャックから15年が経過した1985年7月、リーダーの田宮は中曽根康弘首相（当時）に対し、帰国の意志を伝える。

これ以上、ここ（北朝鮮）にいる意味はない――それは革命家としての敗北宣言に他ならなかったが、バブル時代の日本では、彼らはいわば「取り残された化石」となっており、帰国を後押しするような世論はどこにもなかった。

もし彼らが帰国した場合、どういうことになるか。

事件発生当時、まだハイジャック防止法（「航空機の強取等の処罰に関する法律」）がなかったため、ハイジャックそのものの罪に問われることはなかったが、航空機を財物とする強盗罪や乗員らに対する略取誘拐罪に問われれば、懲役10以上の重い刑が言い渡される可能性が高かった。

しかし田宮はあくまで無罪帰国を主張。政府の立場とは平行線を辿り、帰国は実現しなかった。

そんな折、メンバーの1人に異変が起きる。唯一、結婚が確認されていなかった吉田金太郎が1985年9月4日、平壌市内の病院で「急性肝萎縮症」のため死去したのである。

日本から家族が駆けつけたが、すでに吉田は遺骨となっていた。1973年以降、生存した吉田の姿が確認されていないことや、残されたメンバーが吉田について語らないことから、吉田は何らかの形で脱出・反抗しようとしたため強制収容所送りとなり、死亡したのはもっと以前だったのではないかとの疑惑は根強い。

後に分かることになるが、この時期、一部の「よど号」メンバーとその妻たちは、偽造パスポートや正規旅券を駆使し、海外へ渡航。そこで新たな日本人を北朝鮮へ連れてくるための工作活動を行なっていた。

ちなみに、あの横田めぐみさんが北朝鮮工作員に拉致されたのが1977年のことである。

吉田の死に先立つこと半年、1985年4月ごろ、大胆にも日本に「帰国」していたのが最年少メンバーの柴田泰弘だった。

当時少年だった柴田は氏名や写真が報道されておらず、人材や資金を集めるための工作員として適任と判断されたと思われる。

また、柴田と結婚していた八尾恵もその前年、フランクフルト経由で帰国しており、横須賀でカフェバーを経営していた。

1987年、大韓航空機爆破事件が発生。そして1988年、柴田と八尾恵は、国内潜伏を突き止めた外事警察によってほぼ同時期に逮捕された。

北朝鮮にいたはずの柴田が日本で逮捕されたことは内外に大きな衝撃をもたらし、また「大韓航空機爆破事件に関与している」という説のあった八尾恵の国内での活動実態に関心が集まった。

裁判の結果、柴田には懲役5年の有罪判決が言いわたされ確定。また、八尾は偽名での住民票登録（公正証書原本不実記載・同行使）による罰金刑のみで釈放されている。

1988年には、メンバーの1人、岡本武とその妻が「土砂崩れ」によって死亡した。しかし、岡本は80年代半ばに漁船で脱出を試み失敗した後、行方が分からなくなっていたとの情報があり、いつどのような形で死去したのかはいまだはっきりと確認されていない。

岡本武の弟・岡本公三は1972年、イスラエル・テルアビブで起きた「ロッド空港乱射事件」の実行犯であり、事件後終身刑を受けたものの、捕虜交換で釈放され、現在もレバノン郊外に潜伏していると伝えられている。

田宮高麿の不審な「突然死」

「よど号」メンバーにとって最大の試練は1995年にやってきた。「オウム真理教事件」に揺れる日本列島をよそに、この年11月、懲役18年の実刑判決を受け日本で服役、出所していた塩見孝也・赤軍派元議長が北朝鮮を訪問する。

そこで田宮と会っていたが、塩見が田宮と別れた翌11月30日、前日まで元気だった田宮が突然「心臓発作」により死去するのである。52歳だった。

田宮は「粛清」されたのではないか――いまもってそう考えている関係者も多いが、現在生存するメンバーはそうした事実はなかったと否定しており、また粛清を示す証拠はなく、真実はいまもって判然としない。

１９９６年にはカンボジアで偽ドルを所持していた田中義三が拘束され、タイに移送される。田中は２０００年に日本に移送され、30年ぶりの帰国を果たしたものの、懲役12年の判決を受けた。これにより、田宮を含むメンバー３人が死去、２人は日本で逮捕され、北朝鮮に残ったメンバーは４人となる。

日本国内では１９９７年ごろから、これまで濃厚な疑惑とされてきた「北朝鮮による日本人拉致」の問題が大きく報道されるようになっており、そこで前出の八尾恵が「よど号」メンバーとその妻たちによる拉致工作関与を証言したため、北朝鮮に残る「よど号」メンバーの帰国実現はますます遠のくことになった。

２００２年９月、小泉訪朝が実現し、北朝鮮の金正日総書記は初めて「拉致」を認め謝罪。その後、５人の拉致被害者が帰国した。「よど号」メンバーについてはその妻（拉致事件で指名手配されていない者）、子どもたちが２０

01年より順次帰国。妻たちも旅券法違反容疑で逮捕されたが、裁判の結果、執行猶予付きの有罪判決にとどまっている。

メンバーたちの「それから」

家族が帰国した結果、北朝鮮にとどまっているのはリーダーの小西隆裕、若林盛亮、安部（魚本）公博、赤木志郎。そして拉致事件に関与したとされる田宮高麿の妻、森順子と若林の妻である黒田佐喜子の6人だけになった。

北朝鮮に渡ってすでに半世紀近くになる彼らだが、食生活には「懐かしの」味噌汁や自家製の梅干などが登場し、やはり日本人であることを感じさせるという。

「彼らにとってもっとも大切なことは、帰国もさることながら、自分たちがやったことの意味を納得できる形で整理し、歴史に定着させることなのだと思います。すでにメンバーは70代半ばになっており、人生を総括する時期にさしかかっているのです」（前出のジャーナリスト）

時の流れは残酷である。現在の日本ではもはや「よど号」メンバーに関心を寄せるどころか事件を知らない人も多く、彼らは「過去に迷惑な事件を起こした自業自得の犯罪グループ」としか思われていないのが現実だ。

そうした切なさと闘いながらも、「よど号」メンバーは自身の数奇な半生に何らかの意味合いを見つけようと模索し、望郷の念を募らせ、帰国を待ち望んでいるのである。

大阪万博と大衆の日常性

さて、1970年に起きた日本の1大イベントといえば、大阪万博であった。戦後25年、経済復興に成功した日本を象徴したこの万博は、約半年間の開催期間で6421万人もの入場者数を記録。まさに五輪に匹敵するほどの国民的イベントとなった。

現在、2025年の令和版「大阪万博」の開催が決まっているが、国民の期待、関心度は昭和の万博と比べ、比べようもないほど低い。日本という国が置かれた時代状況が違いすぎるのがその理由だが、1970年の大阪万博も、切実な問題に向き合っていた三島由紀夫の目には、能天気すぎる祝祭にしか映らなかったことだろう。

三波春夫の「こんにちは、こんにちは」という歌声は、学生運動の退潮と、新たな日常の到来を象徴するものだった。

万博のテーマは「人類の進歩と調和」であり、アポロ12号が持ち帰った月の石を展示したアメリカ館や、地元企業である松下電器産業（現・パナソニック）の「松下館」などは長蛇の列ができたという「伝説」が残っている。

「よど号事件」の衝撃は、やがて万博の話題に吸収され、三島が必死に決起計画を練っていた時期の日本では、連日、万博の話題が日本を駆け巡っていた。

三島の事件を受け、「どんなに大衆の意識変革を試みようとしても、それに成功した歴史上の人物は1人もいない」と指摘したのはアメリカの小説家、ヘンリー・ミラーであったが、三島の自決は、当日の自衛官にそれを予感したものがほとんどいなかったように、あまりに時代から浮き上がったものであった。

1970年の大阪万博における象徴となった「太陽の塔」(岡本太郎作)

三島が総括した「戦後25年」と日本人への遺書

三島の最晩年の原稿で、死の4ヵ月ほど前『サンケイ新聞』に寄稿された「果し得ていない約束　私の中の25年」（1970年7月7日）は、三島の死後にもっとも注目されるようになった文章のひとつである。戦後の四半世紀を振り返り、何を思うのか。そこには次のような記述がみられる。

〈私の中の二十五年間を考えると、その空虚に今さらびっくりする。私はほとんど「生きた」とはいえない。鼻をつまみながら通りすぎたのだ。

二十五年前に私が憎んだものは、多少形を変えはしたが、今もあいかわらずしぶとく生き永らえている。生き永らえているどころか、おどろくべき繁殖力で日本中に完全に浸透してしまった。それは戦後民主主義とそこから生ずる偽善というおそるべきバチルス（注：つきまとって害するもの）である。

こんな偽善と詐術は、アメリカの占領と共に終わるだろう、と考えていた私はずいぶん甘かった。おどろくべきことには、日本人は自ら進んで、それを自分の体質とすることを選んだのである。政治も、経済も、社会も、文化ですら。〉

〈個人的な問題に戻ると、この二十五年間、私のやってきたことは、ずいぶん奇矯な企てであった。まだそれはほとんど十分に理解されていない。もともと理解を求めてはじめたことではないから、それはそれでいいが、私は何とか、私の肉体と精神を等価のものとすることによって、その実践によって、文学に対する近代主義的妄信を根底から破壊してやろうと思って来たのである。〉

〈私はこれからの日本に大して希望をつなぐことができない。このまま行ったら「日本」はなくなってしまうのではないかという感を日ましに深くする。日本はなくなって、その代わりに、無機的な、からっぽな、ニュートラルな、中間色の、富裕な、抜目がない、或る経済的大国が極東の一角に残るのであろう。それでもいいと思っている人たちと、私は口をきく気にもなれなくなっているのである。〉

三島の、後世の日本人に向けた「遺書」とも言われる内容だが、この言説が現代を生きる日本人にどのような形で「響く」のか、２０２０年はまさにそれを考える格好の機会となるだろう。

東大全共闘との討論(1969年)は近年、ドキュメンタリー映画にもなった

三島由紀夫　年譜

（三島由紀夫文学館HP、『資料　三島由紀夫』朝文社、『文藝別冊　三島由紀夫』ほか参照）

1925年（大正14年）……0歳

1月14日、東京の四谷で生まれる。本名は平岡公威《ひらおかきみたけ》。農林省に勤める平岡《ひらおか》梓《あずさ》と倭文重《しずえ》の長男。生後しばらくして、祖母・夏子が公威を養育する。

1926年（昭和元年）……1歳

祖母の留守中、階段から転落し大けがを負う。

1928年（昭和3年）……3歳

2月23日、妹・美津子誕生。父に連れられ新宿で蒸気機関車を見る。

1930年（昭和5年）……5歳

自家中毒（ケトン血性嘔吐症）にかかり、危篤状態になるが一命をとりとめる。1月19日、弟・千之《ちゆき》が誕生。

1931年（昭和6年）……6歳

4月、学習院初等科に入学。短歌1首、俳句2句が『小ざくら』に掲載。『小ざくら』は学習院初等科の機関誌。

1932年(昭和7年)……7歳

3月、菊池武夫中尉による陸軍記念日の講話を聴く。11月に遠足で茨城県の水戸に行く。12月に上野動物園見学。

1933年(昭和8年)……8歳

四谷区西信濃町に転居。

1934年(昭和9年)……9歳

夏休み中に、慕っていた図画教師・大内一二先生が死去。9月に作文「大内先生を想ふ」を書く。

1935年(昭和10年)……10歳

満州国皇帝・愛新覚羅溥儀来訪により赤坂離宮前で整列奉迎。

1936年(昭和11年)……11歳

2月26日に「二・二六事件」が起こり、1時限目で臨時休校。

1937年(昭和12年)……12歳

学習院中等科に進学。渋谷区大山町（現在の渋谷区松涛）に転居。「初等科時代の思い出」を『輔仁会雑誌』に発表。

1938年（昭和13年）……13歳

「酸模《すかんぽう》」「座禅物語」、詩、短歌、俳句を『輔仁会雑誌』に発表。「酸模」は少年時代の三島が書いた初めての小説。祖母・夏子に連れられ、歌舞伎座で初めて「仮名手本忠臣蔵」を見る。この頃、母方の祖母・橋トミに連れられて初めて能を見る。

1939年（昭和14年）……14歳

祖母・平岡夏子死去（享年62）。終生の恩師となる清水文雄が国文法と作文の担当教師になる。

1940年（昭和15年）……15歳

2月から山路閑古主宰の月刊俳句雑誌『山梔《くちなし》』に俳句や詩歌を投稿発表。6月に文芸部委員に選出。11月に小説「彩絵硝子」を『輔仁会雑誌』（166号）に発表。

1941年（昭和16年）……16歳

「花ざかりの森」の原稿を清水文雄に見せ、批評を請う。「花ざかりの森」が「文芸文化」9月号から12月号まで、4回にわたり連載。このとき、初めて「三島由紀夫」のペンネームを用いる。12月8日、真珠湾攻撃により日米開戦。

1942年（昭和17年）……17歳

3月に学習院中等科を卒業（席次は2番）。謝恩会で「謝辞」を読む。同月に父が農林省を退官。学習院高等科（文科乙組）に進学。祖父・平岡定太郎死去（享年79）。

1943年（昭和18年）……18歳

輔仁会の総務部総務幹事となり、各クラブの予算決定や輔仁会全体を統括。1月に懸賞論文「王朝心理文學小史」が入選。2月に輔仁会の総務部総務幹事に就任。3月から「世々に残さん」を『文藝文化』に連載（10月まで）。

1944年（昭和19年）……19歳

「徴兵検査通達書」により、加古川町にて徴兵検査を受ける。第二乙種合格。学習院高等科を首席で卒業。卒業生総代となる。学業短縮措置により、9月の卒業となる。東京帝国大学法学部法律学科独法に入学（学習院からの推薦入学）。七丈書院刊『花ざかりの森』を上梓。初めての短編集。

1945年（昭和20年）……**20歳**

学徒動員として群馬県太田町の中島飛行機小泉製作所に行く。総務部調査課文書係に配属。事務仕事のかたわら「中世」を執筆。第1回と第2回の途中までを『文芸世紀』に発表。2月、入営通知の電報を受け取る。遺書を墨書し、遺髪と遺爪を残す。父・梓と一緒に兵庫県富合村へ出立し、入隊検査を受ける。軍医より右肺浸潤の診断を下され、即日帰郷となる。疎開先の豪徳寺の親戚の家で終戦を迎える。妹・美津子が腸チフスのため死去（享年17）。

1946年（昭和21年）……**21歳**

鎌倉在住の川端康成を初めて訪問。「中世」と「煙草」の原稿を持参する。ダンス教習所のシルク・ローズでダンスを習う。以後、定期的にダンスを習い、ダンスパーティーにも参加する。

1947年（昭和22年）……**22歳**

日本勧業銀行入社試験。面接で不採用となる。東京大学法学部法律学科卒業。卒業式は欠席。卒業証書を1ヵ月ほどしてから取りに行く。12月に高等文官試験に合格し、大蔵省に入省。大蔵事務官に任命され、銀行局国民貯蓄課に勤務。

1948年（昭和23年）……**23歳**

年始の挨拶のため川端康成を訪問。作家・太宰治が入水自殺。7月ころ、出勤途中の朝、勤務と執筆による睡眠不足と過労のため、渋谷駅でホームから線路に落下。この事故がきっかけとなり、職業作家になることを父・梓が許す。8月下旬、河出書房の坂本一亀と志邨孝夫が、書き下ろし長篇小説（後の『仮面の告白』）の執筆依頼のために大蔵省仮庁舎の三島を訪ねる。三島は快諾する。9月2日、大蔵省に辞表を提出。辞令を受け依願退職する。

1949年（昭和24年）……**24歳**

『仮面の告白』が河出書房から発刊。光クラブ事件の山崎晃嗣が服毒自殺

（享年26）。

1950年（昭和25年）……25歳

「純白の夜」を『婦人公論』に連載開始。10月まで。7月に金閣寺放火事件が起きる。『愛の渇き』を新潮社から刊行。「青の時代」を『新潮』に連載開始。12月まで。8月ころ、目黒区緑ヶ丘に転居。『青の時代』を新潮社から刊行。

1951年（昭和26年）……26歳

「禁色《きんじき》」を『群像』に連載開始。10月まで。11月、『禁色 第一部』を新潮社から刊行。12月、朝日新聞特別通信員として、横浜港から初の海外旅行に出発。ハワイ、サンフランシスコ、ロサンゼルス、ニューヨーク、フロリダ、マイアミ、サン・フワン、リオ・デ・ジャネイロ、サン・パウロ、ジュネーブ、パリ、ロンドン、アテネ、ローマに滞在。

1952年（昭和27年）……27歳

5月、海外旅行を終え、羽田空港に到着。紀行文集『アポロの杯』を朝日新聞社から刊行。6月に林房雄夫人・繁子の通夜の席で、川端康成の養

三島由紀夫　年譜

前年に『仮面の告白』を刊行した25歳の三島由紀夫（1950年）

女・政子との結婚を秀子夫人に切り出すが断られる。

1953年（昭和28年）……28歳

3月、「潮騒」の取材で三重県鳥羽港から神島に行く。八代神社、灯台、島民の生活、例祭神事、漁港、歴史、漁船員の仕事や生活などについて取材。『三島由紀夫作品集』を新潮社から刊行開始。8月、「潮騒」の追加取材のため、再び神島を訪ねる。台風などについての取材。

1954年（昭和29年）……29歳

『潮騒』を新潮社から刊行。8月、映画「潮騒」のロケ見学のため神島に行く。10月、「沈める滝」の取材で、奥利根の須田貝ダムと奥只見ダムへ行く。主に工事に関する取材。10月、東宝映画「潮騒」封切。

1955年（昭和30年）……30歳

『潮騒』が第1回新潮社文学賞に決定したことが発表される。4月、『沈める滝』を中央公論社から刊行。早稲田大学バーベルクラブ主将の指導のもとに、自宅でボディビルの練習を始める。11月、「金閣寺」の取材。鹿苑寺とその周辺、東舞鶴（金剛院、由良川など）、妙心寺の修行僧の生活、五番町、南禅寺周辺、大谷大学などを取材。

1956年（昭和31年）……31歳

「金閣寺」を『新潮』に連載開始。10月まで。「永すぎた春」を『婦人倶楽部』に連載開始。12月まで。戯曲集『近代能楽集』を新潮社から刊行。ボディビルコーチの鈴木智雄の紹介により、小島智雄のもとでボクシングの練習を始める。10月、『金閣寺』を新潮社から刊行。11月、「鹿鳴館」を第一生命ホールで初演（文学座）。三島は植木職人役で連日主演。『永すぎた春』を講談社から刊行。

1957年（昭和32年）……32歳

『金閣寺』が第8回読売文学賞を受賞。3月、戯曲集『鹿鳴館』を東京創元社から刊行。4月、「美徳のよろめき」を『群像』に連載開始。6月まで。6月、『美徳のよろめき』を講談社から刊行。11月、『三島由紀夫選集』（全19巻）を新潮社が刊行開始。

1958年（昭和33年）……33歳

3月「鏡子の家」取材のため、勝鬨橋、晴海へ行く。6月1日、川端康成夫妻の媒酌により杉山瑤子と結婚。その後、新婚旅行として箱根、熱海、京都、大阪、別府、博多へ行く。6月、映画「炎上」の撮影見学のため大映京都撮影所へよる。中央公論社の笹原金次郎に剣道指南を依頼。以後、指南者をかえながらも稽古を続ける。

1959年(昭和34年)……**34歳**

「鏡子の家」取材のため富士山麓の青木ヶ原樹海へ行く。3月『不道徳教育講座』を中央公論社から刊行。5月、大田区南馬込の新居に転居。6月、長女誕生。9月、『鏡子の家』(第一部、第二部)を新潮社から刊行。11月14日、大映の永田雅一社長とともに記者会見し、映画俳優として大映と契約したことを発表。

1960年(昭和35年)……**35歳**

「宴のあと」を『中央公論』に連載開始。10月まで。2月、『続不道徳教育講座』を中央公論社から刊行。3月、「からっ風野郎」の撮影中に、エスカレーター上に倒れるシーンで、誤って頭を強打、虎の門病院に入院。6月、日米安保反対デモを目の当たりにする。11月、夫人同伴で世界旅行に出発。ハワイ、サンフランシスコ、ロサンゼルス、ニューヨークを経て、ポルトガル、スペイン、フランス、イギリス、ドイツに滞在。新年をイタリアのローマで迎え、ベニス、ミラノ、アテネ、カイロ、香港などを経て1月に帰国。

1961年（昭和36年）……**36歳**

「憂国」を『小説中央公論』に発表。2月、描写が問題になった深沢七郎『風流夢譚』の推薦者であるとの風聞が流れ、右翼から脅迫される。護衛の警官が3月まで身辺警護をする。3月15日、「宴のあと」がプライバシーの権利の侵害であるとして、有田八郎元外相が東京地裁に告訴する。9月、『獣の戯れ』を新潮社から刊行。11月、「美しい星」取材のため飯能で天体観測。

1962年（昭和37年）……**37歳**

「美しい星」を『新潮』に連載開始。11月まで。5月2日、長男誕生。7月に運転免許取得。7月20日に、6月から度々面会強要していた24歳青年が三島宅の住居侵入現行犯で逮捕。10月、『美しい星』を新潮社から刊行。

1963年（昭和38年）……38歳

1月、芥川比呂志、岸田今日子ら29人が文学座を脱退し、福田恆存が中心となって劇団「雲」を結成。三島は文学座の理事になり、再建に力を注ぐ。1月、「私の遍歴時代」を『東京新聞』に連載（5月まで）。3月24日に剣道2段に合格。6月に川端康成、谷崎潤一郎、伊藤整、大岡昇平、高見順、ドナルド・キーンらと共に中央公論社の『日本の文学』編集委員となる。9月、『午後の曳航』を講談社から刊行。11月、「喜びの琴」上演可否を巡り、文学座を退団。

1964年（昭和39年）……39歳

「絹と明察」を『群像』に連載開始。10月まで。「音楽」を『婦人公論』に連載開始。12月まで。9月、「宴のあと」裁判第一審で敗訴。10月、東京オリンピック開催。毎日新聞、朝日新聞、報知新聞の特派記者として取材。10月、『絹と明察』を講談社から刊行。

1965年（昭和40年）……40歳

2月、『音楽』を中央公論社から刊行。「春の雪」（豊饒の海・第一巻）取

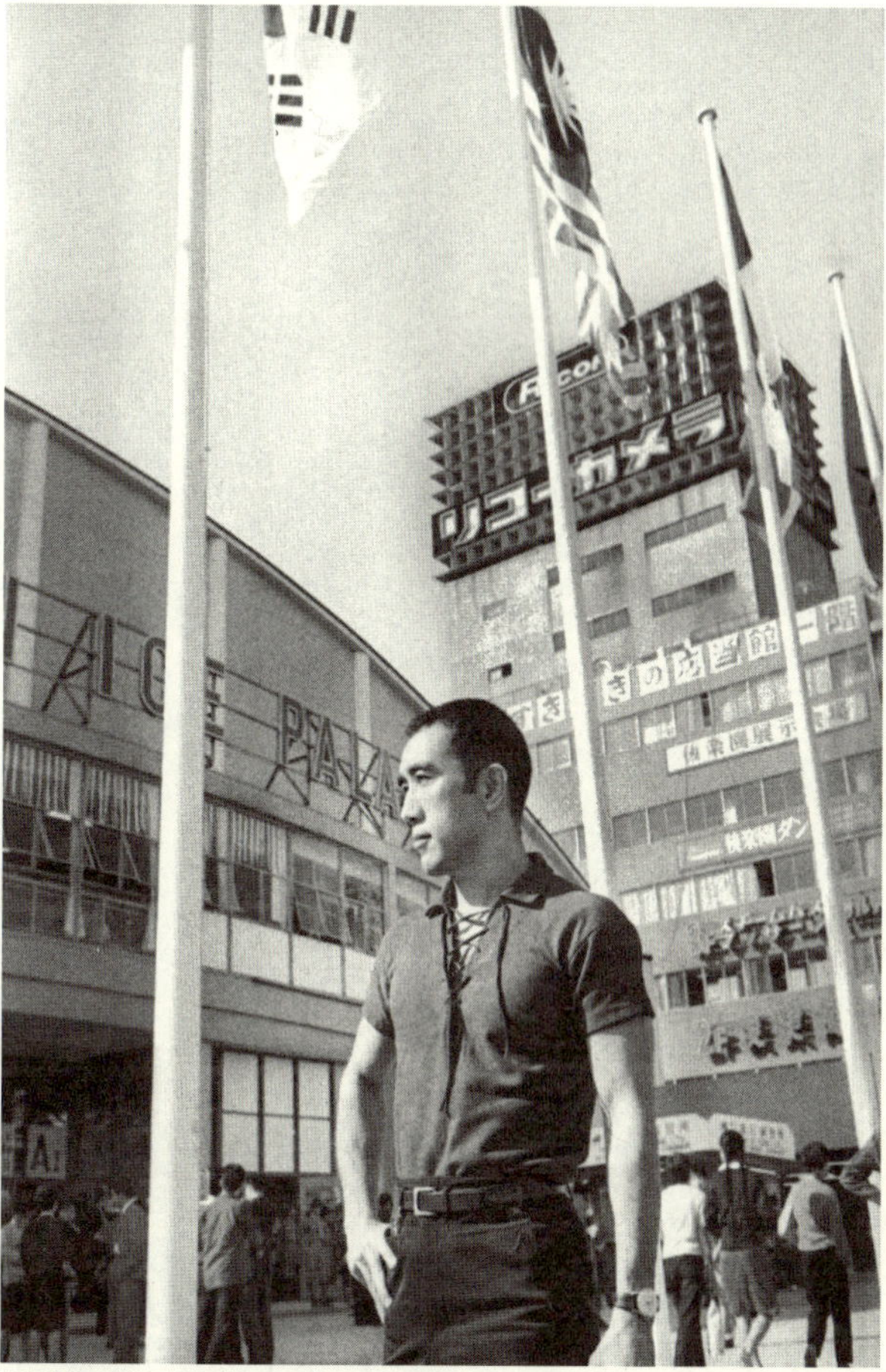

1964年の東京五輪でボクシングの試合を観戦

材のため、円照寺を訪ねる。3月、英国文化振興会の招待でイギリスへ出発。4月、大蔵映画のスタジオで「憂国」の撮影。9月、「春の雪」（豊饒の海・第一巻）を『新潮』に連載開始。9月5日、夫人同伴でアメリカ、ヨーロッパ、東南アジアの各地を旅行。10月31日まで。9月、ノーベル文学賞候補に挙がる。10月、「暁の寺」（豊饒の海・第三巻）の取材のため、バンコクに行く。11月、戯曲『サド侯爵夫人』を河出書房新社から刊行。

1966年（昭和41年）……41歳

ツール国際短編映画祭で映画「憂国」が上映され、センセーションを巻き起こしたが、グランプリを逃し次点となる。1月、「サド侯爵夫人」の脚本で第20回芸術祭賞を受賞。4月、映画版『憂国』を新潮社から刊行。映画「憂国」がアートシアター系の新宿文化、日劇文化の両劇場で封切。6月、「奔馬」（豊饒の海・第二巻）の取材のため、奈良の率川神社の三枝祭を見に行く。ビートルズ来日公演を鑑賞。7月、第55回芥川賞選考委員に。第63回（昭和45年度上半期）まで。11月、「宴のあと」裁判の和解が成立。

1967年（昭和42年）……42歳

4月、陸上自衛隊に体験入隊。5月27日まで。5月、『平凡パンチ』の「オール日本ミスター・ダンディはだれか？」で1万9590得票の第1位獲得（2位は三船敏郎）。6月19日に早大国防部の代表・森田必勝と出逢う。7月2日から1週間、森田ら早大国防部と自衛隊北海道北恵庭駐屯地で体験入隊。同月から空手を始める。9月に『葉隠入門』を光文社より刊行。同月下旬から夫人同伴でインド、タイ、ラオスへ取材旅行。同月に再びノーベル文学賞候補と報じられる。11月に『論争ジャーナル』グループと民兵組織「祖国防衛隊」構想の試案パンフレット作成。12月5日に航空自衛隊のF－104戦闘機に試乗。

1968年（昭和43年）……43歳

3月1日から1か月間、学生らを引率し自衛隊富士学校滝ヶ原駐屯地で第1回自衛隊体験入隊（以降、昭和45年まで5回の体験入隊と、2回のリフレッシャー・コース体験入隊を実施）。7月、「文化防衛論」を『中央公論』に発表。8月11日、剣道五段に合格。9月から「暁の寺」（豊饒の海第三巻）」を『新潮』に連載。10月5日に「祖国防衛隊」から改め「楯の会」を正式結成。10月17日に川端康成がノーベル文学賞受賞。11月10日に阿川弘之とともに東大に赴き、全共闘により軟禁中の林健太郎に面会を求めるが果たせず。

1969年(昭和44年)……44歳

1月、『春の雪』を新潮社から刊行。2月、『奔馬』を新潮社から刊行。5月、『サド侯爵夫人』を新潮社から刊行。東大全学共闘会議駒場共闘焚祭委員会主催による「東大焚祭」の討論会に参加。6月、『癩王のテラス』を中央公論社から刊行。10月12日、持丸博の退会に伴い「楯の会」学生長が森田必勝になる。10月21日に国際反戦デーの新宿デモ視察。11月3日に国立劇場屋上で「楯の会」結成1周年記念パレード。

1970年(昭和45年)……45歳

1月、『椿説弓張月』を中央公論社から刊行。3月、米誌『エスクワイア』4月号で「世界で最も重要な100人」の1人として紹介される。4月ころより、自衛隊突入計画をメンバーと打ち合わせる。5月、「天人五衰」(豊饒の海・第四巻)の取材のため、清水港、駿河湾へ行く。7月、「天人五衰」を『新潮』に連載開始。昭和46年1月まで。『暁の寺』を新潮社から刊行。11月12日、池袋東武百貨店大催事場で「三島由紀夫展」が17日まで開催される。1日1万人の盛況。11月25日、陸上自衛隊市ヶ谷駐屯地東部方面総監室にて割腹自殺（享年45）。

三島由紀夫事件
検視写真が語る「自決」の真実

（みしまゆきおじけん　けんししゃしんがかたる「じけつ」のしんじつ）

2020年10月20日　第1刷発行

編　者　別冊宝島編集部

発行人　蓮見清一

発行所　株式会社 宝島社

〒102-8388　東京都千代田区一番町25番地
電話：営業 03(3234)4621／編集 03(3239)0646
https://tkj.jp

印刷・製本　株式会社廣済堂

本書の無断転載・複製を禁じます。
乱丁・落丁本はお取り替えいたします。

©TAKARAJIMASHA 2020　Printed in Japan

ISBN 978-4-299-00955-5